柯基
咖啡屋
夏嵐 著
青姚 繪

目錄
contents

part

1

過客的緣份

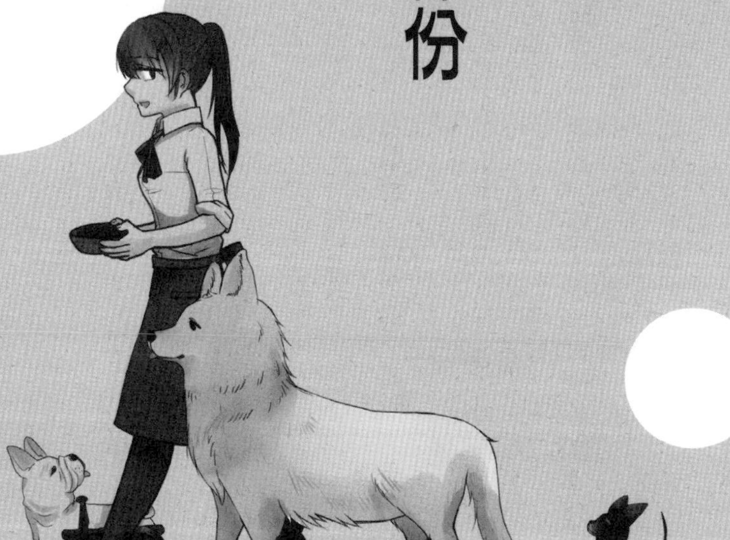

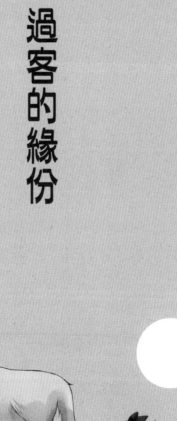

正逢早春傍晚，反覆無常的濕冷天氣，肆虐著整個城市。

深灰色的雨在冰涼的柏油路上肆虐，刺寒的風就像刀刃般，逼得路人們無一不拉緊衣領，抖著身子加緊腳步。

越是這樣的天氣，人們的眼光不免被座落在巷弄中的一處暖光吸引。映入眼簾的是一面大器的韓系落地窗，咖啡鋪用復古的工業風字體在灰牆上雕出「SENOR」字樣。有一名容貌俊秀的店長，正在低眉做自己的事。風雨擊打在他身側的窗上，但他眉頭未皺半分。

店長蓄著整潔的棕髮，銀釦黑襯衫，配上海軍藍半腰圍裙，模樣俐落。但對於附近的住戶而言，他算是新面孔。

這間咖啡廳其實已經開了很久，前陣子才重新裝修過，因為落在學區，午間最多的客人通常是些想喘口氣的婆婆媽媽，白領上班族反而不多見。

有一名腳步微跛的灰髮老爺爺，身著格紋西裝，正一步一步地朝咖啡廳的方向前進，他沒有打傘奮力與狂風對抗，只是堅定地往前行。

「哦，爺爺，是您啊！」店長放下手邊的咖啡豆，瞇起雙眼招呼，「昨天正好來了一批新的咖啡豆，您要試試嘛？」

「嗯，光是聽到現在播放的爵士樂，我這趟來就值了。」

「哈哈哈，爺爺，這黑膠唱片本來就是你的收藏啊。」

「放在我家生灰塵沒用啦！」爺爺一擺手，陽光笑著：「獨樂樂不如眾樂樂，全都拿來店裡，大家一起聽。」

聽到「大家」兩個字，店長眉頭微蹙，只苦笑了一下，似乎怕被追問到什麼敏感的話題。

爺爺顯然膝蓋不舒服，連坐下時都有些吃力。他沒選擇坐在靠店長最近的吧檯，而是往靠沙發處坐，一老一少之間維持著微妙的氣流。

「爺爺，這給您。」轉眼間，店長拿了熱敷袋與大毛毯，輕輕放在爺爺的腿上。

「哦哦，不用這麼費工啦！跟我說話居然還用『您』。」爺爺笑道：「禎藍，我們都認識五、六年了，你別這麼客套。有時太拘謹，反而會讓人之間的距離更加疏遠喔。」

「是。」被喚作『禎藍』的店長仍有些無奈。

「就說了，不用對我必恭必敬的嘛。」

「好的。」禎藍進廚房烤著可頌麵包，準備因應傍晚的來客潮。

他是真心喜歡老爺爺，三年前，禎藍還在另一個城鎮擔任內場的廚師，任職服務業多年、看過人情冷暖的他，每天都被脾氣不好的主廚咆哮兼羞辱。有一次實在受不了，逃到後巷抽菸時，遇到了現在這位老爺爺。

當時一對上眼，老爺爺便給他一個暖烘烘的笑容。

禎藍認出他是店內的常客，立刻把菸捻熄。

這位老爺爺總是帶著一隻安靜的老獵犬來訪。被主廚慘罵而心情低落到谷底的那天，老爺爺與老獵犬就這麼陪在禎藍身邊。

眉間已有些許灰白的老獵犬，垂著大而療癒的耳朵，好奇地聞了聞地上的菸蒂。

「不行喔，菸對動物來說不是好東西！」禎藍把菸蒂撿走之際，老獵犬則用美麗的琥珀色雙眸溫柔凝視他。

這瞬間，禎藍流下了眼淚。

「已經很久沒有人這樣好好看著我的眼睛了。」

真是不可思議……禎藍感覺到原本暴躁又委屈的心情消失了大半。

之後，禎藍從餐廳廚師的位置被逐出，歷經了慘烈的人事異動，他被降了薪水，成了外場服務生。

在那段快要悶出病的日子裡，當服務生唯一值得開心的事，就是見到客人的機會變多了。

能與老爺爺接觸的機會也變多了。

帶著狗狗的老人家，在當時競爭激烈的商圈餐廳一級戰區很罕見，所以禎藍總是滿心期待老爺爺的到來。

「嗨，您來了！」

「是啊。」老爺爺認著禎藍制服上的名牌，「禎藍，我來了！」

在異鄉打拼，很少有機會被這麼親切地叫著自己的名字，禎藍對老爺爺與老獵犬打從心底欣賞。

他開始注意到，老爺爺總在週二下午時過來，留心到老爺爺特別喜歡點濃郁的黑咖啡。

直到有一天，老爺爺身邊沒有了老獵犬的身影。

「是怎麼了呢？」禎藍好想問，卻又擔心觸及客人的隱私，最後仍是沒有開口問。

老爺爺看起來並不落寞，但發呆的頻率卻變多了。

以往還會主動與他聊天打趣，但看著老爺爺日漸沉默，禎藍心底有些罣凝。

終於，他鼓起勇氣問道：「您的愛犬呢？」

「牠去天國了。」老爺爺說完這句話之後，彷彿卸下了所有哀傷，神情空蕩蕩的。

禎藍用力地給予他擁抱。

「沒事的，熟齡狗狗就是這樣嘛。」老爺爺的眼角細紋堆著幾許豁達，「不過，我好開心你有問，你對人、對事、對動物都很有關懷。先前，我家狗狗每逢雨天就關節痠痛，所有服務生中，就你特別通融，還特地拿舊毛巾來給牠墊腳……」

「沒有啦……我也很想念牠啊，忍了好久才敢問……很遺憾知道牠過世的事。」禎藍感嘆，「沒想到走得這麼快，因為您把牠顧得很好，牠也總是很有精神……」

「原來在你心目中，我和我們家的阿帕給你這種印象。真是太好了。」老爺爺眼角一紅，「對於養著老狗狗的主人，只要聽到一句『你顧得很好』，就能了卻心底的所有遺憾啊。」

不擅言詞的禎藍，沒有回答，他只能收拾心情。

還好那天生意冷清，並沒有其他客人要服務，禎藍三不五時在吧檯擦洗咖啡杯，與老爺爺對上眼之際，他們總會交換一個安定的微笑。

「禎藍，你有想過自己開店嘛？」

「我嗎？我只是一個學徒，沒有人脈也沒有資金，」怕給其他同事聽到，禎藍慌亂壓低聲音：「自己開店壓力很大的，就算想，也只是『想想而已』……」

「所以，」老爺爺以敏銳的目光反問：「其實你有考慮過這件事？」

「嗯……但真的只是……」

「沒關係的。」老爺爺就離開了。

這一走，就是兩個月沒見。

「唉……會不會是我說錯了什麼話啊？」

禎藍總覺得心裡空空的。

☕

「欸，櫃台有你的卡片！真稀奇，這年代居然有客人寫卡片給我們這些工讀生！」同事鬧著禎藍，「該不會是愛慕你的小女生吧？」

「去，不關你的事啦！」

還記得，那是一張綴滿麋鹿、雪花的溫暖聖誕賀卡。

執筆的不是別人，正是老爺爺。

『嗨，禎藍，好一陣子沒來了，不曉得你還記得我嗎？』

「當然記得啊！」禎藍興奮得自言自語，繼續將老爺爺穩健的字跡讀進心坎，『我即將搬回隔壁鎮的故鄉去。前陣子我妻子也走了，我得回去處理她的遺產。她先前留下了一個店面，我想要改造成時尚的韓系咖啡廳。如果你願意來當店長的話，那就太好了。』

禎藍感覺心跳漏了一拍，忍住了想當眾歡呼的衝動。直到他把卡片看完，臉上的笑容咧得更開了……

『附註：我的咖啡廳會歡迎很多很多老狗狗！就像你當年歡迎我和阿帕一樣！』

隔天，禎藍就遞交了辭職信。

事後他才知道，老爺爺曾經長期以筆名「灰鷹」在公民網站上免費撰寫志工動物保護新聞，是個退役的老記者。

而禎藍，就這樣毅然來到 SENOR 咖啡廳，和灰鷹爺爺一起完成他畢生的夢想——

打造一個沒有年齡歧視、歡迎老狗狗與長輩的溫暖地方。

不過，每個時期有每個時期的難關。此刻的禎藍，正愁眉不展。望著眼前的工業風吊燈，簡樸的嬰兒藍地毯，配上各式新購入的吧檯組、淺灰的沙發座椅組，禎藍真不知道灰鷹爺爺為了翻修這間咖啡廳花了多少錢。

「為了避免我這個七旬老人開始有失智症狀，我看這餐廳的帳還是歸我管吧，也順便讓我每個月活化一下腦袋，哈哈！」

今天是灰鷹爺爺的「算帳日」，只見他戴起瑪瑙框的老花眼鏡，配上一台銀灰色筆電，又不時翻著帳本。

「爺爺的眼神好平靜啊，這店真的沒問題嘛？」

開店的這幾年來，禎藍總覺得業績還不夠到能回本的程度，每每以為灰鷹爺爺是要來「監督」業績或客流量，卻發現對方完全沒有這個意思。

「他還真的是個很寬宏大量的店主啊……」

禎藍回吧檯繼續數算剛進貨的咖啡豆。

店裡用的全是「公平貿易」的咖啡豆，意思為只要是「跨海而來」的咖啡豆，全是直接跟當地的豆農做生意，並沒有參與國際知名廠牌的剝削、削價競爭等行為，推廣起來也更為安心。

「啊，店長，你已經在清點咖啡豆啦？這應該是我的工作才對，我來吧！」

一陣風般衝進來的女子，綁著清新的低馬尾，她是附近來打工的大學生，裘裘。

「沒關係啦，裘裘，這個是粗活，我怕妳受傷。」禎藍用下巴指著指咖啡廳的後頭臥室，「不如妳先去看狗狗吧？」

「喔，好！」裘裘爽朗地甩著馬尾，踏著慢跑鞋離去。

雖然動作豪邁，但裘裘可是個美術系的女孩子，動靜皆宜，以「副店長」的名義跟在禎藍身邊已經是第二個年頭了。

裘裘前往的地方做了道大大的雕花隔音門，模樣看像通往氣派的大廳，其實是去要一個極度神祕的地方——狗狗住宿臥房。

這裡的臥房不但挑高天花板、裝了靜音抽風機、還鋪上止滑防摔的地墊，後頭還做了個活動式小門，通往後院草坪，讓狗狗可以隨時去尿尿。

「嗚嗚嗚咿咿——」才聽到裘裘用鑰匙開門的聲音，一頭巨無霸的尖臉白毛牧羊犬立刻跛著腳起身。

「汪汪汪！」睡在甜甜圈造型軟床上的獨眼吉娃娃、後腳乘著輪椅的法國鬥牛犬，也愉快地拖著無敵風火輪衝了過來。

「可麗，糖糖，麥可……啊啊！」一口氣被三隻狗親熱包圍，裘裘只有被撲倒在地的份。

三張花白的小臉不斷湊過來又舔又頂，裘裘大嘆這真是甜蜜的負荷。

「哎喲，乖乖喔！我只有兩隻手和一張臉，你們狗多勢眾，能不能放過我啦！」

地上殘留著幾滴尿，這是年紀大的狗狗難免會造成的失禁現象，既然麥可與糖糖都有包尿布的習慣，那地上這黃漬的主人，大概就是可麗了。

「嗚嗚……」可麗一臉愧疚地緩步走來，看著裘裘清理地板。

「沒關係啦，你們這個年紀就只管吃喝拉撒睡就好，有進就有出嘛！哪天你們不便不尿了，我才要擔心呢！」裘裘揉了可麗鬆軟的大頭好幾下，可麗眼底的自卑仍逐漸散去。

據說牠以前曾是不肖繁殖業者的「種母」，先天膀胱就不太好，生了太多胎之後出現子宮蓄膿、骨質疏鬆狀況，後來被棄養在收容所，還好灰鷹爺爺連夜將牠救回。

剛來咖啡廳的宿舍寄宿時，可麗還有血尿、便秘等問題。但在裘裘一天三次餵食保養加上準時遛狗活動的調理下，如今的可麗也是一隻優雅的熟齡美女，每次打理得乾乾淨淨晃到咖啡廳時，客人們總會驚喜喚道：「可麗，妳真是『美魔女』呀！」

就像現在，被裘裘梳整過毛髮與儀容的可麗，正飛揚著一身牧羊犬特有的黃白相間毛髮，以手姿卓約的神態來到咖啡廳。

「哇，可麗出來啦！好棒好棒，好好享受這段放風的時間吧！」爺爺摸摸牠的頭。

熟齡狗狗特別喜歡和人社交。就像老年人足不出戶會顯得封閉孤僻一樣，只要店裡動線安排妥當，禎藍和裘裘總會把店狗放出門，讓牠們在咖啡廳走一走、嗅一嗅。基本上，這群狗狗們都是吃過苦的流浪狗，最會看人臉色，也已經都是見過世面的「大叔、大嬸」，不會任意便溺、搗蛋，頂多陪客累了就回到吧檯、趴在地板，當一張暖心的「立體毛毯」。

「哇，這裡有一隻狗狗，那裏也有！」客人們也習慣有狗狗靜靜陪伴的美好，只要不開閃光燈，人狗相處的時間也總是瀰漫著咖啡香氣，舒心宜人。

這天，恰巧有鄰近大學的學生記者來採訪禎藍。

「不知道能不能讓我們採訪約十五分鐘呢？這只是個期末作業，但我們會放到學校網路平台，也希望能為這間店的宣傳盡點綿薄之力。」

雖然不是知名的大媒體，但禎藍知道學生無法完成作業的心慌，所以第一時間就欣然接受了。

今天到訪的，分別是大學報的攝影記者與文字記者，模樣都非常稚氣可愛。

「嗨，歡迎你們來！」

「記得我以前唸書時也充滿熱情和希望，就跟這兩個孩子一樣。」禎藍一面請裘裘幫忙磨咖啡豆，先引導學生入座，還免費招待了現烤的布朗尼蛋糕磚與紅茶。

「抱歉，店長，其實我們只是來做一個採訪作業……真的不用這麼慎重啦……」

「別這麼說，狗狗們也很歡迎你們喔。」禎藍指著一旁好奇嗅聞的可麗，學生們終於鬆了肩線，露出笑容。

「請簡單介紹一下你自己」、「為什麼會想開這間店呢？」生澀的學生們問了些單調的問題，但禎藍回答時眼睛都發著光。

他長話短說，把這間店的來龍去脈淺淺交代了一次，學生忙著抄筆記，讓問答有些鬼打牆。

禎藍眼看學生們還是沒問到重點，話鋒一轉。

「那同學們，你們會不會好奇，店名為何取名為『SENOR』？」

「對喔！」學生傻笑，「這確實是我們剛剛沒問到的問題！」

禎藍點點頭，「如你們所見，SENOR 在英文字彙中有『年長』、『資深』的意思，恰巧這間咖啡鋪是一間老店所改建而成的，收留的店狗也是一群老狗狗。」

「可是，」攝影師很驚訝地問：「但店長您還這麼年輕，為何會執著於『年長』這個概念呢？」

「變得年長，是人生的必經階段。也因為我的生命中有許多貴人與過客，恰巧都比我年長。我要向他們學習的事物太多了。」禎藍說完，回眸望著角落裡安靜莞爾的灰鷹爺爺。

爺爺也回頭瞧著他，點了點頭。

兩位大學生們正值花樣年華，似乎不太理解禎藍這番話的深意，兩人偶爾放空，一個寫筆記、一個拍攝。

「就像現在報章雜誌上的媒體，都希望把『老』這個字變成一個別具意涵的概念，例如『熟齡』、『樂齡』，我覺得都很好！無論是春夏還是秋冬，人生的每個季節都可以過得很有味道！」禎藍特別摸了摸一旁牧羊犬可麗的頭，朗聲道：「熟齡狗狗就像特調的咖啡，有獨特的風情，行家才識貨！」

他的溫暖笑容，觸動了攝影師的心。

禎藍與可麗堅定而善良的身影被錄進攝影機中，上傳到校園平台。

不久，影片在校園平台上造成好評，不少社區的人們也都轉貼這則暖心新聞。

「真的是很棒的概念，老了並不等於沒用，在這個一味追求極致年輕的年代，這樣的咖啡店很有個性啊！」學生們紛紛留言。

柯基
咖啡屋

part

2

雨季怪客

兩位高中女孩揹著沉甸甸的書包，低頭念著手機上的一篇新聞。

『穿過巷弄的綠意，在不起眼的拐角處，店長禎藍開了間狗狗咖啡廳。一樓擺滿老唱片與書架，角落養著三隻年長卻親人的狗狗。二樓則是沙發雅座區，供需要獨處的客人與帶著小孩的家庭休息。』

這兩位女孩們今天從補習班蹺課，特地慕名而來，到SENOR咖啡廳喘口氣。恰巧是平日下午六點，店裡沒什麼人。

「這麼安靜的咖啡廳也很好呢，而且狗狗都很乖。」女孩們摸完可麗，轉而又被拖著輪椅前來，一臉歡喜的法國鬥牛犬麥可迎接，她們連忙著拿手機拍牠。

只要拍攝時沒用閃光燈，狗狗也沒有閃躲的姿勢，裘裘自然不會制止。

然而，倘若這些狗狗累了、想走了，客人卻堅持要自拍、或逼牠們做出任何違反天性的姿勢與表情，禎藍與裘裘可就不會給她們好臉色看了。

「來嘛，看鏡頭！」眼看女學生用力擠壓麥可憨厚的臉，雖然她沒有惡意，但麥克已經頻頻舔舌、翻著白眼。

這些都是狗狗界的「安定訊號」，說明狗狗對目前的狀況很不安。

「不好意思，店狗不能這樣揉捏喔！」裘裘欠身堆起微笑，一秒將麥可摟回憶中。

「哦哦，抱歉，我不知道不能這樣……」

「沒關係啦，哈哈，只是我們的狗狗都是店狗，店狗算是這間店的半個主人，要不要給拍、給摸，其實都要看牠們心情喔。」裘裘半彎著腰，把語氣放得柔軟，「原則上，我們不希望給牠們太大的壓力。」

「好的，我瞭解了。」女學生尷尬了幾秒，她的同學則露出有些厭惡的表情。

「這間咖啡店，還真跩。」

「沒有啦，」剛剛逼麥可拍照的女孩連忙接腔：「國有國法，店有店規，我們也不能強迫別人。」

像察覺到裘裘的為難，麥克挪動著輪椅，用軟軟的大頭蹭著女學生，也蹭著裘裘，像在說著：「沒啥大事啦……」

麥可雖不喜歡和人自拍，但法國鬥牛犬特有的小小尾巴不斷甩動，嘴裡發出熱情的哈氣聲，咧著嘴微笑，皺皺的臉兒也洋溢著快樂。

「好乖，麥可。」

麥可是三年前被從收容所帶出來的狗兒，法國鬥牛犬與柯基這類的犬種經常有著先天遺傳上的髖關節問題，人們多半看牠們年輕時活潑可愛，卻沒有考慮到老年的生活。年輕時當然當寶貝疼，等到病了老了、沒有後續的心力與金錢醫治，就任意棄養。

當時，麥可因為後肢癱瘓，只能坐在自己的屎尿中，就連被收容所同籠的狗兒攻擊也無法閃躲，只能不斷哀號。

志工看見牠被攻擊的照片，萬般不捨。

「這隻法國鬥牛犬實際年齡才七歲，以人類的年齡而言還是中年，我們趕快把牠接出來，搞不好還有救！」

細心的志工發現之後，將麥可急忙帶出，以籃球之神「麥可喬丹」、流行樂天王「麥可傑克森」之名祝福這隻狗狗，賜予牠新的生命。

灰鷹爺爺輾轉知道麥可的故事，就請專門為犬隻打造輪椅輔助器材的社團到咖啡廳來，為麥可量身做了一架輪椅。

這輪椅的外觀非常時髦，綠金相間，與下肢的接合處還有減壓軟墊，幫助麥可減緩腰椎壓力。

有了輪椅之後，麥可簡直把它當成無敵風火輪使用！牠健步如飛，笑容滿面，似乎也不覺得自己有哪裡不足，每次一起床就高高興興朝輪椅爬去，再乘著輪椅歡喜地來咖啡廳「接客」。

裘裘看著眼前知足常樂的麥可，心想：「牠不曉得是不是記得過去的傷痛？還是把每一天都當全新的日子來活？」

大概是發現這位女學生比較友善，所以麥可始終都待在女學生膝邊，還不時用法國鬥牛犬特有的水汪汪大眼與長睫毛凝視著她。

「天啊，真是太可愛了，好啦，就算沒辦法跟我自拍也沒關係！」女學生笑道：「動物本來就不是為了跟我們自拍才存在，像現在這樣靜靜陪在我身邊也很好！」

「哈哈哈哈哈。」麥可從嘴巴發出換氣的幽默低音，逗得眾人都笑了，連原本嫌牠「麻煩」的另一位女客人，也被這股情緒感染。

「無論年齡、無論病痛，毛小孩能帶給我們的療癒，真的比想像中大很多很多。」禎藍在吧檯的另一方微笑。

然而，他所不知道的是，遠方雲朵後方響起了悶重的雷聲……而這間咖啡廳，也即將迎來一位特別的「客人」。

牠是隻擁有深咖啡毛色的柯基，右後腳有些一跛一跛的，蓬鬆的胸毛被路面上的雨水浸成灰色，模樣無精打采，花白的眉毛也特別有戲，緊蹙的眉心稱得上是愁眉苦臉。

牠的臉部花紋很對稱，自頭頂流瀉下奶白色的花紋，均勻分布到咖啡色的臉色——就像是雪白半切奶油，放在巧克力鍋中央。

只不過，這巧克力摻了些雜質，銀絲織在濃密的棕色毛髮裡。

而這是狗狗上了年紀的證明。

柯基背對著咖啡廳，似乎對裡頭的香氣、笑聲都不感興趣。嗅聞了幾圈之後，牠趴坐在歐式的摩登黑色腳踏墊，若牠再年輕個幾歲，肯定會是隻人見人愛、能上得了檯面的明星臉狗狗吧。

隨著傍晚人潮漸多，不少接完孩子想放鬆一下的菜籃族、學生，都紛紛來到 SENOR 咖啡廳。

「咦？這柯基誰的啊？」

「應該是有人養的吧？牠有紅色項圈耶！」

會來這裡的人多半是愛狗的，有人想碰觸柯基，牠卻酷酷地撇開頭。

「哇，還真有個性。」

「會是在等人嗎？」

慢慢地，客人們放棄跟柯基交流的念頭。

看著人來人往的人群，柯基的目光摻雜了些徬徨，數度想起身，但看得出後腿有些蹣跚不穩。

牠偶爾會換著位置，但仍是趴在腳踏墊上。身上的紅項圈已經褪色，是很簡單的尼龍款式。

「至少……讓牠有個地方避雨也好。」店長禎藍早已透過吧檯的落地窗，偷瞧了柯基不知幾百眼，心底很是罣礙。

隨著天色全暗，轉眼就是九點的打烊時刻，客人紛紛從柯基身上跨步離開，有人挪步而過，而柯基大多是面無表情地閃開，沒什麼大動作。

「唉，外頭的雨勢越來越大了。」

雨勢帶了點刺骨的風，小小屋簷外的雨早已一波波濺在柯基的毛髮上。禎藍和裘裘越看越不捨，頻頻交換著眼神。

「我先拿點食物，看牠要不要吃。」裘裘把狗罐頭細心地反倒、用叉子切開，還加了點豆子湯，融進香噴噴的肉塊裡。

「嗨，新朋友，」她柔聲問：「你要吃嗎？」

柯基一見到食物，眼睛秒發亮，勉強掙扎起身。

「沒關係沒關係，你趴著吃就可以了！」裘裘連忙將碗推到柯基嘴邊，柯基狼吞虎嚥。

「嘖嘖呼呼嚕——嘖嘖呼！」看著牠豪邁的吃相，裘裘笑了。

本來在一一清潔椅子的禎藍也走出來，「哦？牠願意吃東西啊？對食物有興趣的狗狗，應該不難相處。」

柯基吊起眼白瞅了他一眼，尾巴微夾，打量禎藍。

「牠很會看人臉色呢，是流浪狗嗎？」

「嗯，但柯基毛蓬蓬的，實在看不出來算胖算瘦。」

「牠好像不太喜歡人，有點兇。」禎藍說完蹲下，想先伸手讓柯基嗅嗅，使牠熟悉自己的味道，但柯基居然咬牙切齒，吃完最後兩口飯就倒退到一旁！

「好吧，反正我們才第一次見面。」禎藍幽默道：「我可以體會你的害羞。」

「要不要今晚先讓牠進店門？」裘裘查著手機，表情略微擔憂，「我看這雨會下一整晚，我們也不可能守在這裡。」

「那你願意進來嗎？柯基先生。」禎藍問完，柯基縮著身子往後退，幾乎退到傘架的後方。

「看來牠真的不太親近人。」裘裘聳肩，「那我們就再觀察看看吧！」

裘裘與禎藍面對狗狗的經驗相當豐富，不知習性的動物，本來就不能胡亂觸碰，也不能在牠吃飯時打擾。

人與人之間的相處都如此了，更何況是人與素昧平生的狗呢？

禎藍回店裡清點明日要用的餐點，隨後熄燈，裘裘則對柯基輕聲道別：「那我們走囉，如果你不想和我們打交道，只是想吃飯、避個雨，就明天再見。」

禎藍微笑，裘裘的個性比他豁達許多，不習慣一次將事情想得太複雜，相對於禎藍容易將事情複雜化，有時鑽牛角尖，裘裘則安穩平和，無論對人對狗，都能沉靜以對。

「不知不覺也都合作這麼久了，開店這些日子來，有裘裘在真是太好了！」

拉下店門小心翼翼上鎖後，禎藍和裘裘相互道別，而柯基則始終縮在屋簷下，用防備眼神凝望他們。

才走沒幾步路，禎藍便頻頻回首，裘裘則清甜一笑，「店長，我們先別想太多啦。」

「不愧是裘裘，總是會馬上發現我又開始內心的小劇場，替這隻柯基開始擔心了。」

「我看牠一臉不想理外人的模樣，身上又有項圈，搞不好只是走失了，很想念原主人。」

「那好啊，我們先用食物跟牠打好基礎關係，等熟了就能掃晶片、確認身分，送去美容，決定下一步。」

「哈哈，雖然你說得沒錯，但你又開始想太多了。」

「是是是，我會努力控制我的腦子。」禎藍敲敲頭，與裘裘在下個路口說再見。

裘裘就住在這棟門禁森嚴的學生租屋大樓，禎藍總會在下班五分鐘內目送她上樓才走。

緊接著，禎藍調頭回大馬路邊，點了根菸。

其實他想戒菸很久了，菸酒畢竟都不是好東西，但最近正在研發菜單、計算成本，各式壓力無法宣洩，才會暫時抽根菸來解解悶。

「其實我已經很好命了吧，沒什麼資本，也沒什麼歷練，居然就有灰鷹爺爺這麼談得來的善良長輩找我開店，我也必須更努力才行了！」

☕

大雨叮叮噹噹打在鐵窗外，禎藍一夜沒睡好，乾脆查起網路資訊，問問附近有地緣關係，又對狗狗友善的愛心媽媽，是否對這隻柯基有印象？

「柯基這麼熱門的狗，就算沒人養，一定也很搶手，禎藍你就別擔心太多啦。」

「是啊，牠長得一副憂鬱小生樣……不，是『憂鬱老生』，好像演技派熟男演員。感覺挺好送的！你就放寬心吧！」

「看來，每個人幾乎都知道我愛擔心。」禎藍無奈聳肩。

也對，他從小就是個關心動物的孩子，也常為動物的事情費盡心思。打從有記憶以來，學校的校貓、校狗全都特別愛找他，回到家裡，巷弄的流浪犬貓也對他特別友善，但禎藍家境困苦，從高中就開始半工半讀，實在沒有多餘的心力自己好好收編一隻狗。

「所以，能夠經營現在這個狗狗咖啡廳，對我來說就像是夢想成真一樣，我應該要少擔心一點！保持理想才對！」

隔天，禎藍特別提早半小時開店，從鑰匙鎖上家門的那刻起，心情就有些忐忑，一路上仍飄著雨，想必可能又是風大雨大的一天。

「不知道那隻柯基還在不在？」

禎藍不禁加速腳步，眼看「SENOR」的店門就在下個路口……

「啊！」是那個半濕的深棕色身影！

禎藍趕忙繞到狗狗前方，柯基仍臭著臉，縮在屋簷下躲雨。

「你已經濕成這樣了！該不會昨晚到現在都還沒離開吧？」

距離開店還有一個多小時，但柯基、邊境牧羊犬與柴犬均是雙層毛犬種，毛髮分作易脫落飄散的「裡層毛」、與剛硬的「底毛」，倘若在咖啡店內為這隻濕答答的柯基梳洗，那後果可不堪設想。

「我已經可以預料到雪花滿天飛的畫面……再說，樓上雖然有梳洗設備，但還是無法在短時間內把你吹乾啊……」

禎藍拉開店門，柯基此時已經警戒地望著牠露牙，弓起背，原本已經一拐一拐的後腳，也變得更加僵硬。

何況牠全身還因溼透而不斷顫抖，模樣雖是可憐，但也讓人頭痛。

「你還真是個脾氣不好的老先生啊，真的不先進來躲雨嗎？」

「汪汪！」柯基狂吠兩聲，音量可真是震耳欲聾。

「哇，不愧是自古以來聲音能縱橫草原的牧羊犬血統……這聲音也太大了吧！」

他忽然很佩服那些能在狹小都市公寓養柯基的民眾，狗吠是天性，能教得好那更是一種飼主的功德。

「來……別叫了，我沒有惡意喔。」伸出手，禎藍小心翼翼在柯基的項圈上扣上韁繩，柯基左閃又躲，禎藍也跟著緊張兮兮。

狗的牙齒可是很利的，往往一個誤會就見血了。

「如果真被咬，那我接下來整週的工作也會泡湯……」禎藍拼命深呼吸，眼神試圖不與柯基四目相接。

人與人說話看著眼睛是禮貌，但和不熟的狗而對上眼，反而可能是一種挑釁。

「別這麼不爽嘛，我只是要開車把你帶去美容院送洗而已！」

「汪汪汪汪！」柯基仍扯著繩子，死都不肯離開店門。

然而，牠倒也沒有脫逃的意思，就算禎藍鬆了繩子，牠也只是焦躁在屋簷下繞了兩圈，最後自己趴在原地。

無論怎麼勸，怎麼推，牠死不進咖啡廳。

「真是的，你這麼堅持要在室外淋雨喔？為啥啊？固執大叔！」

聽到「大叔」兩字，柯基撇頭，大大的雙耳一垂，彷彿想起自己曾被這麼叫過。

「好吧，看來你到我們這裡來之前，也是有許多的故事……我就不逼你了，但你的健康是我的責任，現在這樣濕淋淋的，實在不行！」

還好禎藍的手機裡，通訊錄一翻開，長長一串，全是對貓貓狗狗有熱情的朋友。打了幾通電話後，有位熱誠的美容師表示願意幫忙。

「喔，那就先帶來我們這裡洗澡吧？我過去接！」

一會兒就有輛藍色保姆車來了，這位身體力行的美容師綽號「漢堡」，是個性子直爽且身強力壯的男子，黝黑的外表與纖細斯文的禎藍不同。漢堡用佈滿肌肉的手臂一把抱起柯基，一屁股將牠推進寵物運輸籠中。

動作一氣呵成，其實並沒有挑釁到狗狗，禎藍每次都對漢堡駕馭狗狗的方式肅然起敬。

「你動作真俐落，我還以為牠會很兇。」

「我想牠是慢熱型的。」漢堡望著籠網格內一臉淡定的柯基，「牠才怕你兇牠吧。牠進運輸籠之後冷靜很多，狗原本是穴居動物，有遮蔽物會給牠們安全的感覺。」

「我想牠可能有人養過，但不曉得為何，這柯基很堅持要待在我們這。」

「放心啦。」漢堡咧嘴一笑，「俗話說『狗來富，貓來起大厝』，牠是來給你們好運的！牠一定心想，『找到新狗奴了，朕才不走！』」

「哈哈，真的是這樣嗎？」禎藍也被漢堡的能量所感染，咧嘴笑了，「不過你還是要小心喔，牠好像真的滿兇的耶。」

「流浪過的狗兒，只是比較會虛張聲勢……如果兇，我們會上嘴套或戴頭套幫牠洗澡，一定弄得漂漂亮亮、乾乾爽爽還你。」

漢堡豪邁一笑，坐進寵物褓姆車，揚長而去。

「呼……」禎藍真是鬆了口氣，想起這段友誼，他覺得十分感恩。漢堡也有個隱形「狗狗雷達」——總是一不小心就撿到狗了。

不管是撿到米克斯混種狗，還是品種狗，漢堡一定盡力把牠們梳妝打扮，是女孩子就戴小花、男孩子就戴領結，甚至會出動「美圖修修」等修圖軟體，無所不用其極，拍照後上傳群組發給大家。

光這樣還不夠，禎藍還會在咖啡廳的牆壁與櫃台結帳顯眼處，用電子相框擺上狗狗的奇蹟美照與幽默簡介，以便幫狗狗送養。

漢堡那裡有幾隻比較難送出去的老病殘狗，往往就是在禎藍這裡被看見，進而找到適合的主人。

光是這樣的情誼，就讓禎藍覺得自己是個有價值的咖啡店店長。

「還記得以前窩在自己不喜歡的城市，做著沒熱情的工作，對想幫忙的動物也無能為力，那樣的生活真是太苦了……」

望著自家窗明几淨的咖啡廳，禎藍感到很是踏實。

part

3

奶爸兼店長

「嗚嗚，汪汪汪！」三隻狗兒趁著營業時間前出來放風，大白狗可麗、法國鬥牛犬麥可、獨眼吉娃娃糖糖，不時在喉間發出興奮的叫聲，一圈圈跑著火車遊戲。

看到這些原本可能要被放棄的動物，能在這裡開心跑跳，禎藍就更有動力工作了！他繼續整理一袋袋的咖啡豆，挑出好豆與壞豆，將壞掉的豆坯細細遴選出來。稍後，他旋身，細細保養著磨豆機。

廚房也有許多地方要維持整潔，禎藍恰巧是一絲不苟、追求完美的個性。湊近鼻子，戴起幹練的藍色塑膠手套，他一吋吋地去除看不順眼的汙垢側桌。

「做吃喝的生意，乾淨衛生絕對是第一啊。」

有了狗狗，就不能使用任何可能危害到他們安全的除蟲產品。除蟲菊、各式香氛、精油也都要慎用。正當禎藍整個人縮在吧檯忙到一半時，忽聽到可麗「汪！」了一聲。

「怎麼啦？」

可麗不常吠叫，原來牠正在提醒獨眼吉娃娃糖糖，小心桌腳。

只見可麗長腿一伸，就輕而易舉地阻止了一場悲劇。糖糖有些不安地偏向左側，彷彿在跟可麗道謝，也好像在怕著自己真撞上了。

「啊，都是我粗心，忘記幫糖糖戴上防護用的頭套了！」禎藍連忙回頭去拿糖糖的頭套。

糖糖的頭套很特別，內裡由透明塑膠布製成，前端則是一大圈粉紅色小花蕊般的防撞泡綿。

只見糖糖用沒瞎的右眼瞥見禎藍的手，立刻乖乖伸脖子，細細的前肢也搭上禎藍的膝蓋。

「不怕喔！是我不對。」知道糖糖生病後較沒安全感，禎藍的指尖柔柔在牠小脖子順了兩下。

套上令人安心的頭套，糖糖原本依偎在禎藍懷裡，立刻生龍活虎，像朵小花般，頂著頭套興奮亂闖。

法國鬥牛犬麥可則扭著屁股跳舞，拖著輪椅一臉愉悅模樣。至於可麗，則從頭到尾成熟穩重，像個秀氣的姊姊般慢慢走在後頭，守護著大家。

「裘裘今天要上課無法來輪班，少了個得力助手……還好有妳，」禎藍摸著可麗的脖子，而高大的可麗，也重重地在禎藍身上蹭著撒嬌。

「唉呀，人家都說被大狗狗撒嬌特別容易吃不消，可麗啊，往後退一點，妳壓到我啦！」

禎藍不斷縮著身體，麥可看見可麗幾乎倒在禎藍身上，氣呼呼地吃醋了。

「嗚汪！」

麥可一喚，傻頭傻腦的糖糖也繞了一大圈跑回來，大夥兒散發出濃郁的「搶人」攻勢，一群毛孩子全把禎藍壓倒在地。

「哈哈哈！我真像個奶爸！」

附近的女學生都認為禎藍是神祕、優雅的帥哥店長，可是沒人知道他每天過得匆忙又慌亂。現在他正忙著把狗兒們帶開，把三隻狗兒都帶到陰雨的戶外蹓完一圈、擦腳吹毛。

長腿可麗的毛髮摸起來像乾燥微香的棉花糖，蓬鬆又溫暖；笑起來憨厚的麥可有著短毛，摸起來乾爽粗硬；至於吉娃娃糖糖可就最好摸又最好吹整了，小小一隻很快就乾了，撫起來像是綢緞般光滑細緻。

「好，早上也玩一輪了，回去後頭房間休息了！」禎藍手指一比，可麗立刻帶頭旋身，三隻狗狗像軍隊一樣，頂著舒適乾爽的毛髮離開。

不管幾歲，樂齡狗狗都很重視慢慢散步的品質，狗狗是嗅覺動物，需透過不疾不徐的嗅聞來紓壓，維持牠們腦部靈敏運作，也能讓牠們不至於老年失智。

「呼……」最後，禎藍用黏毛滾筒把衣服滾了一遍，隨後把被狗掌弄亂的頭髮給側梳回去。

禎藍左照照鏡子，右照照鏡子，牽起微笑。

現在，這位紳士俊美的褐髮店長，終於準備好開店，迎接第一個客人了。

☕

下午的客人是一對看似情侶的男女，他們不曉得談到什麼內容，女孩居然低聲啜泣了起來……

禎藍在吧檯收拾著自己好奇的視線，不願自己的關心侵犯到對方。

「別哭了，在外面這樣不好看啦。」男孩用雙掌輕輕覆住女孩。

「你不懂啦，就是因為在外面才哭得出來……一回到那個家，我就什麼都做不了……」女孩任眼淚洶洶落下。

眼看男孩無助摟著女孩的肩膀，禎藍輕聲地遞了面紙盒過來，女孩一面擤著鼻涕，一面看禎藍，點頭致意。

禎藍也默默點頭。

「是啊，什麼時候在公眾場所落淚，得變成一件需要道歉的事？」禎藍想著，對方又沒有干擾到任何人，倘若能夠紓解壓力，哭泣也無妨啊。

他走回吧檯，禎藍查看烤箱的焦糖布丁，繼續製作甜點，另一面鍋爐還在熬煮黏稠多汁的草莓醬。

禎藍用極簡風格的木鏟子輕盈翻拌醬料，一波波香氣四溢。

一旁的藍山咖啡也差不多煮好了。甜而不膩的微酸草莓醬鬆餅，配上後勁宜人的藍山咖啡，讓人的思緒都沉澱了下來。

看著情侶們平靜地享用餐點，禎藍心底就泛起一陣幸福。

爐上還同時在煮著英式奶茶，半小時後，蓬鬆的可頌麵包也即將出爐。

下午時分，狗狗美容院院長漢堡，粗聲粗氣地打了通電話來，「唷！你的柯基我等等就送回去了！不過，恐怕還要先去獸醫院一趟。」

「怎麼了？」

「沒事啦，撿到狗本來就要做例行檢查，我們發現牠在洗澡時喘得好厲害，可能心臟不太好。年紀大了，也有點腿軟，暫時掃了晶片，結果根本沒有晶片。反正後續，就先聽獸醫怎麼樣說囉！掰！」漢堡掛掉電話。

禎藍還來不及消化所有訊息，只有點頭的份。

到了下午，裘裘來輪班，她仍帶著一臉燦爛的樂天笑容，用復古的紫色絲絨蝴蝶結綁起青春的馬尾。

「嗨，店長！」

「裘裘，我想問妳，那隻柯基該怎麼辦呢？」禎藍搔了搔頭，「漢堡剛回報，說牠的狀況有點棘手，不曉得後續該怎麼安排……」

「我覺得牠特別有眼緣，多多讓牠亮相，搞不好很快就能送出去啦！」裘裘樂天的態度，總讓禎藍感到心曠神怡。

下午來訪的灰鷹爺爺，知道了柯基的事後，魚尾紋多了好幾層微笑，「這樣很好啊！我們的咖啡店放的是溫馨暖活的爵士樂，配上老柯基，應該很有味道！」

「是呀！」裘裘低語，「一般的柯基都是橘黃色，牠卻是咖啡色耶。」

「這不也很好嗎？多特別呀！」爺爺透過裘裘的手機端詳這隻柯基，越看越有味道。

牠咖啡色的外表，摻有銀白的毛髮，眉毛與鬍鬚都白了一半，看起來特別「顯老」。

「也許是因為這樣才被丟掉的吧……」禎藍想著。

平日的下午來了幾個客人，大多是些熱心的婆婆媽媽，大家都紛紛問著：「那隻柯基呢？」

「牠雖然脾氣古怪，但其實挺可愛的。」一位婆婆說：「看著看著，我都有點想養了。」

但禎藍想著，「可愛」並不是飼養的唯一理由。

柯基是牧羊犬，活潑好動。自古以來的習性就是愛吠、好管閑事、個性機婆衝動，也可能動不動就開咬。連禎藍自己都還不確定是否要收編這隻老柯基，只是不忍牠流落街頭罷了。

「畢竟，我是個店長不是馴狗師，一直以來都只是剛好運氣好，遇到貼心懂事的狗狗而已。」

禎藍想了想，對婆婆媽媽們解釋道：「我們是還沒有準備好要養，基本上會做完所有醫療處置後，開誠佈公地跟大家說。我們不希望認養者有被騙的感覺，畢竟真的要養，就得把牠當做家人疼愛嘛。」

「光是疼不行喔，俗話說『慈母多敗兒』，一味付出、疼愛，是會把孩子寵壞的！養了就還是要教啊！」有個婆婆說：「養狗就跟養小孩是一樣的道理。」

「也對啦。」另一位媽媽們點頭，「像我兒媳婦，實在不會教狗，明明都是從小養的狗，到現在還是愛亂咬、亂吃，上次還吞了我的髮夾，最後鬧了一整個星期，只得去獸醫院開刀取出來，前前後後還花了五萬元呢！」

「哇！五萬，這筆錢我不曉得要存多久了！」禎藍驚訝道。

「以前的人說『養子不教，誰之過』，現在則是『養狗不教，誰之過』。」裘裘點頭，「狗狗沒教好，飼主可不能免責，飼主的教育也是很重要呢！」

「對呀，像德國就很重視這一塊，都使用『正向教育』，以鼓勵代替責罰。狗狗知道穩重成熟才受歡迎，自然更能帶到很多地方去。只要表現得宜，上公車、進出餐廳都沒問題。」禎藍說到這裡，忽然心頭一緊。

他想起以前 SENOR 咖啡廳剛開幕時，標榜的是「寵物友善」餐廳，歡迎客人帶著狗狗前來喝咖啡，但卻常有飼主帶著不受控制的狗兒來，沒上牽繩，放任狗兒在店裡大鬧亂跑，甚至咬傷了好脾氣的店狗可麗。

遇到這種把「方便當隨便」的客人，禎藍立刻擺出店長氣勢，下了逐客令。

「先生！在公共場所不上牽繩，已經違反動保法了，況且，你的狗有攻擊性卻沒有上嘴套，我們有資格向你們求償。」

「明明是不小心的，狗咬來咬去就像小孩子打架，我怎麼知道會這樣？」對方嘴硬半天，活像鬥雞般張牙舞爪，其他客人也看不下去，幫著禎藍說話，狗兒們也不斷互相咆哮對峙。

一等禎藍打電話叫警察，對方立刻匆匆帶狗離開。

簡直是「肇事逃逸」的狗狗翻版。

至於被咬傷的可麗呢？她那漂亮的側臉有了撕裂傷，又因為年老體衰，抵抗力不好，傷口足足花了快一個月才拆線。當時，可麗每天鬱鬱寡歡地趴在休息室，連起身都不願意，那模樣讓人看了都很心痛。

「不知道新來的這隻柯基兇不兇……要是牠們無法和平共處，也只能把牠送走了。」禎藍搔搔頭。

婆婆媽媽們聊完了狗，開始喝下午茶，埋怨兒子、抱怨媳婦，怨嘆經濟不景氣，這可跟禎藍當初開店時想要的浪漫氛圍不同。

他委屈地在吧檯擦著杯子，整理出貨單，角落裡的灰鷹爺爺則默默調整黑膠唱盤，把一旁小木箱上的音量旋鈕轉大。

裘裘捏了捏禎藍的手臂，露出淘氣中帶點貼心的笑容，「你是不是在心底想：『客人有點吵喔！』」

「是嗎？我忙著專心工作，才沒有聽見呢！」禎藍打著趣。

「你明明超認真聽她們講話的！」裘裘翻著白眼，「跟你工作這麼久，我還不知道你怕吵嗎？偷聽客人講話，你這個沒道德的店長！」

「我不是偷聽啦，是剛好聽到。」禎藍莞爾，「但換個好處想，她們至少都能排解完情緒，神清氣爽地走出我們這裡。」

「對，」裘裘用力點頭，「我們的目的，就是提供她們這樣一個暢所欲言的地方，你說得好！」

「沒有啦！」禎藍裝酷的洗著杯子，卻止不著臉上的笑意。

至於灰鷹爺爺呢，則在最角落的沙發座裡閱讀，看見他努力想靜下心讀書，推著老花眼鏡的模樣，禎藍與他交換了一個充滿默契的視線。

有時，光是一個眼神就能感受到夥伴的支持。

開店很難挑客人，服務業是以客為尊，豈能管客人談什麼、吵不吵？但只要有客人來光臨，那就是支持他們的理念往前走一步的動力。

而咖啡店這頭，罵完了、氣消了，婆婆媽媽們的肩線也不再緊繃了，個個排隊來結帳。

「餐點的部份還滿意嗎？」裘裘問。

「滿意！只是希望下次可以晚點再上咖啡，然後蛋糕的部分，奶油不合我胃口……」

「好的，謝謝指教。」裘裘虛心地點頭，做著筆記。

她們都笑著說謝謝，禎藍更是和她們一一彎腰道謝。

「下次再來喔！」

這句話，他說得真誠。

婆婆媽媽們滿足地離去了。一個往北邊的巷子走，兩個往南邊的巷子去，看在禎藍眼底，這些常客們雖然嘴皮子閒不下來，但其實都有各自可愛的地方，能夠開著喜歡的咖啡廳工作，讓人有個好去處，被街坊鄰居串串門子，比剛開店時沒半個客人的情況好太多了。

「不過，我也真不知道自己最近是怎麼了，好像特別容易擔心，以前剛開店時明明比現在還辛苦，常苦等一天，讓袞袞發呆罰站了好久，店裡還是沒半個客人……當時的我一點也不擔心，因為有這群狗狗陪著我。」禎藍揉揉太陽穴，「怎麼現在一切上了軌道，我反而想東想西了呢？」

傍晚，人潮開始多了起來，禎藍應接不暇，光忙著接訂單都來不及，連操煩的時間都沒有了。

在沒有人注意到的時候，灰鷹爺爺獨自緩步踏出咖啡店。

他看見年輕人在忙，因此離去時總是不刻意打招呼。濕冷的雨天裡，他拄著拐杖，微跛卻堅定地離開。

part 4 緊急事件

晚間八點收店前，禎藍的手機響了，是寵物美容師漢堡打來的。

「哈囉，」他用一貫陽光的語調說：「先跟你們說壞消息吧。」

「什麼！一開始就是壞消息？」

「是的。這隻柯基有著先天遺傳疾病，牠的髖關節長期處於發炎的狀態，骨刺也一大堆，更有軟腿、無力的狀況。醫生說從牠的牙齒判讀，牠大概已經十歲以上。心肺功能也不太好，所以很容易喘。」

「呃……」禎藍感覺心口已經被刺了好幾刀，除了心疼狗狗之外，難免也覺得煩躁，但他仍咬緊牙關，「這些老年疾病我有心理準備了，那好消息呢？」

「好消息是，牠沒有其他慢性病，是隻滿乖、滿穩定的聰明柯基，洗澡和看診時都不吵也不鬧，願意在室內的尿布墊尿尿！將來到了下雨天，你們會很省事，不必帶進帶出了。」漢堡說：「我這裡也要打烊了，先把狗送過去你們那囉。」

「好……」

漢堡把柯基抱下褓姆車時，抱姿非常標準，他用左臂扶著柯基的前腿，右手扶著柯基屁屁後方與大腿肌的部位。

「醫生特別交代，老狗狗要這樣用『雙手』摟著抱。垂直或直立亂抱，會讓牠們的脊椎承受不必要的壓力。聽懂了沒？屁股的地方一定要捧好喔！柯基和臘腸狗的脊椎尤其脆弱，真的要小心。」

「好，你真的是職業病又犯了，每次都要解說一大堆。」裘裘憨著笑。

漢堡聳聳肩，「拜託，現在不叮嚀，萬一狗狗關節狀況變嚴重了，還是要飼主出錢解決啊！我多念幾句，你們少花點錢，這樣不是很好嗎？」

「其實我們常常在顧狗的，這些都知道了啦！」禎藍從漢堡手中小心翼翼接過老柯基。

漢堡有種俠氣，這次也只收了基本的美容費用，其他的醫療費用他願意吸收。

「那就再見啦！我還要回去餵我自己家的狗呢！」漢堡大手一揮，坐回車內咻地飆車離開。

「嗚汪！嗚嗚——」誰知道柯基一見到漢堡開車走了，突然在禎藍懷中猛力掙扎！老柯基好歹也有十五公斤重，一扭起來真不是蓋的，立刻讓禎藍差點失去重心。

「啊——等等，小心！」禎藍連忙把柯基放到地上，誰料到牠居然猛力扯著繩子，試圖朝漢堡離開的方向追去！

「店長，小心啊！」裘裘看到柯基變臉的模樣，一時嚇傻了，禎藍則趕緊抓緊牽繩。

「嗚——汪汪！嗚嗚嗚！」老柯基對著漢堡的車尾燈狂吠，直到車子完全消失在眾人視線，牠依舊暴跳如雷。

「牠可能是跟漢堡這一天相處下來有感情了，以為自己要被丟掉吧……」禎藍在狗吠聲中試圖對裘裘解釋，兩人連忙蹲在柯基身旁柔聲安撫。

可是，安撫並沒起到任何作用。老柯基仍叫自己的，扯著牽繩狂繞圈子，一會兒又腿軟、起立，像是得了強迫症般。

「怎麼啦？」鄰居聽到狗叫，當然出來關心。

「嗚——汪汪汪！」柯基也對走出門的鄰居們猛吠，裘裘和禎藍只能無助地牽著狗，向大家道歉。

「沒事啦。」他們解釋著，「牠只是暫時叫一叫而已。」

「不是虐狗就好。」鄰居也是好意，但眾人的好意堆積起來，各種關愛的眼神就成了壓力，一群人都出來圍觀老柯基。

「嗚嗚……」柯基的吠聲轉為低鳴，牠仍持續看著巷弄外頭的方向。

「來，沒事的，」禎藍用沉著的聲音說：「我們先進去好不好？」

眼看輕拉繩子沒用，事態已演變成人狗「拔河大賽」，禎藍彎下腰想抱柯基時，牠忽無聲地在他的右手上咬了一口！當場見血。

眾人也傻眼了。

「沒事沒事。」禎藍輕輕將柯基推進店裡，隨後拉下鐵門。

「裘裘，妳去關燈。」

「咦？」

「沒事的，去關燈吧。」

啪地一聲將燈關掉，昏暗的光線，這才讓柯基冷靜下來。

「店長……」裘裘看著禎藍的傷勢，心底很慌，但禎藍則面無表情，示意裘裘後退。

「噓，我們先等牠的焦慮解除吧。」

忍著手痛，禎藍與裘裘像小小兵般蹲下，柯基氣呼呼地瞪了他們好幾眼，邊低吼著，邊用前腳扒著咖啡廳大門。

「嗚嗚……」柯基又轉了兩圈。

「現在我們眼睛先不要看牠。」禎藍低聲說：「狗狗會覺得我們在瞪牠，敏感的狗兒，會認為人類的視線是一種挑釁。」

「哦哦，好！」裘裘連忙把頭撇開。

終於，柯基氣喘吁吁地自己趴下了。

裘裘與禎藍像兩個偵察兵，半蹲移動，躲進吧檯。

禎藍這才有機會查看自己的傷勢。

「唉……」咬得滿深的，血涔涔的傷口下是徹底的倒鉤形撕裂傷。痛楚從起初的痠痛，急速轉變為劇痛，從手掌漫延到整個手臂。

禎藍不禁痛得縮起肩膀，連忙先舉高手想止血。

「嗚汪！嗚汪汪汪汪！」柯基一看禎藍又有大動作，怒得狂吠，又開始焦躁踱步。

裘裘傻眼，「奇怪，牠怎麼又……」

「噓——」禎藍把手放到背後，整個人縮回吧檯，柯基又安靜了。

「牠對於手舉高這個大動作很敏感，可能以前被人打過吧。」禎藍低聲說完，一面在吧檯處沖洗傷口，盡量背對著柯基，用肢體語言傳遞出「我沒有惡意」的訊息。

「沒想到居然一來就咬人……這真是太超過了。」裘裘愁眉苦臉。

「沒關係，這隻柯基大概飽受風霜，剛剛漢堡一走，情緒就非常不穩定，我明天再跟漢堡請教該怎麼跟牠互動。」禎藍說：「今晚就不要想太多，現階段雙方都不熟，多做多錯。」

「也對，我們都給彼此一點冷靜的時間吧。」裘裘用狗碗準備了水、食物和一塊地墊。

至於咖啡廳休息室裡的三隻老狗狗聽到方才的騷動，也紛紛跟著吠了幾聲，裘裘本想移步去安撫，禎藍搖了搖頭。

「沒事，今晚就這樣吧。」

兩人只敢用餘光瞥了眼縮在店門口，面露兇相的老柯基，躡手躡腳聚集在前面。

「好！趁現在！」裘裘用氣音說完，禎藍立刻和她雙雙溜出前門，放下鐵門。

五分鐘後，裘裘叫了輛計程車，載著被咬傷的禎藍去急診室報到。

醫生替禎藍打了「破傷風」，這是一種避免傷口因病毒而發炎的針劑，也替禎藍虎口的撕裂傷逢了兩針。

「還好沒咬到韌帶。」醫生望著一臉疲憊的禎藍，「是被自己家養的狗咬的？」

「不是。」

「嗯……最近這種你們『濫好人』越來越多了，幫助別人之前，自己要有相關的知識啊。」

禎藍默默點頭讓醫生唸，裘裘的烏亮雙眸，則朝醫生放射出怨念光波。

說真的，放馬後砲很容易，但在第一時間懂得怎麼做，還能百分百不出意外的人，大概很少。

「傷口不能碰到水喔。」醫生說。

「大概幾天不能碰水呢？」

「至少兩週吧，看復原狀況。」醫生嚴厲地瞧了禎藍一眼，「也不要想說帶著防水手套工作就沒事，傷口一動，縫線可能會裂開的。」

「天啊，那……」一聽到醫生的囑咐，裘裘臉色大變。

「禎藍，你可是咖啡廳的店長，每天不知道要擦洗鍋具機器幾次，現在這樣，不就變成……」

「只能先店休了。」禎藍苦笑，「趁著這段時間，我們來和那隻柯基磨合看看吧！」

裘裘扁著嘴皮，「『磨合』看看？虧你還能氣定神閒說著要店休……我們本來就沒賺多少錢了！店休兩週的話，半個月的營業額就沒了呀！」

「可是，沒辦法，」禎藍柔聲說：「事情已經變成這樣了嘛。」

「唉，跟你這種傻瓜講話，想吵也吵不起來。」

禎藍倒是難得看到裘裘這麼憤慨的模樣。無奈中，卻也有點新鮮。

兩人出了急診室，外頭冷風竄過，兩人之間的氣氛也隨即降到冰點。

上了計程車，裘裘只顧著低頭滑著手機，禎藍一連問了好幾個問題她都沒回。

「裘裘，妳是不是最近手頭有點緊？」

「啊？」裘裘揚起眉毛，臉上的表情變得更恐怖了。

禎藍雖然感到有些畏懼，但還是把話慢慢說完，「妳畢竟是在店裡打工，如果是擔心店休會影響到妳的收入，那我還在這邊跟妳保證，一定還是會把薪水支付給妳……」

「不是。」裘裘勉強深呼吸，直視禎藍，「我只是覺得你太不小心又太衝動了，咬人的狗你也敢收，為了牠，連半個月的營業額都可以不要……」

「有妳這麼為我這店長著想的工讀生，我覺得挺欣慰的。」

「我哪是為你著想。」裘裘紅著耳根撇開臉，「我其實更擔心沒錢付可麗、麥可和糖糖的保健藥品費、尿布費、食物費。」

禎藍一瞪，靜了下來。

邀他來當店長的灰鷹爺爺只跟他說過這棟宅子是自有地，絕對不需擔心每個開店店長的惡夢——「房租」。

但經營兩年多來，每個月的經費是否夠用、開銷是否和開店的各種成本打平呢？這點禎藍倒沒仔細想過。

此刻，光是提出要半個月店休，裘裘就一副眉愁不展的模樣，禎藍不禁感嘆。

「看來妳比我還了解現實的問題啊。是灰鷹爺爺有跟妳說過什麼嗎？」

「沒有。但裝修、人事、狗狗照顧、每個月進貨出貨量這些，店長肯定都不是從自己口袋拿的，在我看來，能輕率說出『店休兩週』這種話的你，根本就不了解現實狀況！」裘裘露出犀利的眼色，「好歹也要跟灰鷹爺爺商量過吧？畢竟他才是每個月扛起財務責任的人啊！」

「嗯……」禎藍低下頭，「妳說得對。」

雨絲打在計程車的窗玻璃上，叮叮咚咚一陣猛砸，讓兩人的心情更顯煩躁。

有句話說：「理想很豐滿，現實很骨感」，店休兩週實在是個不負責任的決定。

「好吧，我剛剛的決定實在是太武斷了點，」禎藍輕嘆了口氣，「但裘裘，妳是不是有更好的想法？」

望著禎藍包得像哆啦a夢般圓滾滾的手掌傷勢，裘裘遲疑了半晌。

「我……我是想，我平常跟在你身邊工作，有樣學樣也有一年多了，還是我幫你打代？」

「哦哦，好主意，這樣妳就是『代理店長』了！」禎藍興高彩烈得想拍手，但手圓滾滾的紗布下是撕裂傷，若真拍下去，可就不妙了。

「嗯……被狗咬傷也不能怪你，反正這段時間讓我來幫忙，你這個傷兵，就在一旁指導我吧。」裘裘眼光閃爍著遲疑，「雖然……我對自己目前的能力也沒什麼信心，我對廚房後台的事也是半生不熟，但這都比讓店空轉兩週好。店休的話，我們會白白損失兩週的收入啊！有時毛孩子一生病，就是卡在錢，到時該有多遺憾啊……我們趁能賺時多賺點，未必不是好方法啊！」

「裘裘……妳的想法真的很成熟。」

「沒有啦，這已經是現階段我們能想出的最好辦法了。」

看著裘裘脆弱中卻不失真誠的臉孔，禎藍很是感動。

在兩人的討論下，禎藍把原本意氣用是的「店休兩週」，改為店休三天。

在這三天裡，他會訓練裘裘成為獨當一面的烘培師。

part

5

磨合真難熬

「雖然說是要訓練袞袞，但除此之外，我更要好好訓練的人，是你啊，柯基。」

隔天禎藍一開鐵門時，柯基居然躲在吧檯的角落。

「嗚嗚……」柯基望著他的表情平靜很多，沒吠人，也沒打算開咬，小精靈般的大耳朵一豎一豎的，模樣從原本咬人的恐懼狀況，轉為安定平和。

「嗨，昨晚的見血，果然是一場誤會對吧？」

禎藍率先蹲下，避免面露挑釁，眼光假裝掃視其他地方。

柯基打了個大呵欠，這在狗狗的肢體語言「安定訊號」中，是在釋出善意。

隨後牠主動起身，扭著屁股積極地前來，嗅了嗅他的褲腳。

禎藍今天刻意選了件藍色休閒 POLO 衫、配上卡其長褲。原因不為別的，只因為昨晚漢堡離去時，穿得也是類似的服裝。

「仔細釐清了一下，昨晚的順序是這樣的——漢堡忽然走了、柯基以為自己被棄養而崩潰。我又不識相，在牠恐懼不安的時候忽然抓牠，所以才被咬。」

仔細釐清順序之後，禎藍瞧著自己包紮起來的手，努力記取這個教訓，「大而匆忙，又從背後而來的動作，對狗是個禁忌，這隻柯基很沒安全感，只能用耐心來應對了。」

禎藍打了通電話給漢堡，告知他昨晚的狀況，「哇，沒想到這隻狗這麼黏我啊！嘿嘿，可真是有點榮幸！」

「少臭美了。」禎藍問：「我是認真想討教，到底你做了什麼，狗狗才這麼喜歡你？」

「我在牠冷靜乖巧時會用『好棒』這種簡單的句子，同時給牠零食吃，一直用沉著的聲音稱讚牠。事實上，牠也真的挺棒的。」

瞧著此刻在腳邊嗅聞的柯基，禎藍心情五味雜陳。

「我原本也覺得牠『很棒』，直到牠咬我那刻為止。」

「欸，你當一個狗狗中途的店長，只被咬了一下就玻璃心碎了喔？」漢堡大剌剌笑鬧的方式，反而讓禎藍的鬱悶跑掉幾分。

「我才沒有玻璃心咧，只是想問你怎麼避免被咬而已。」

「抱歉，我沒看到你的傷口……只是想問一下，還好吧？應該不是造成你永生永世都無法再當店長的那種恐怖傷勢吧？」

「是有縫了幾針。」

「幾針就在那邊唉唉叫！我之前也被咬過，畢竟我是當過寵物美容院院長的人嘛，我連眼睛都被抓傷過呢。」漢堡嘆了口氣，「所以我才到處告訴人別只會溺愛寵物，『慈母多敗兒』，太慈愛的媽媽只會寵出怪物來。貓狗再怎麼可愛，畢竟還是動物，怎會沒有獸性？還好我們現在有嘴套、有頭套，你真的怕再被咬的話，就先給柯基做個防護措施吧，我會想辦法的。」

「目前是還不用啦。上一次當就學一次乖，我現在會時刻觀察牠的肢體語言的。現在，倒是有個問題……比咬人更嚴重。」

「怎麼樣？」

「毛。」

「毛？」

「對，好多毛，一大堆毛，」禎藍用哭腔喊著：「到處都是毛！」

眼前所見確實都是毛。整間咖啡廳從沙發到廚房機器檯面下飄滿了一叢叢的咖啡毛球團，混雜著白毛。

「你這悲傷的語調是怎樣回事？沒看過狗毛嗎？」漢堡不屑道：「柯基柴犬都是雙層毛，換毛期一年半載跑不掉，是名符其實的『毛怪』呢。有毛你們就掃啊，不然咧？」

「要多常掃呢？」

「照三餐掃，用吸塵器吸，最好連下午茶和宵夜時間都要掃一次。」

「我怎麼有一種……踏上不歸路的感覺。」

「怎麼？」漢堡問：「你們家的可麗、糖糖、麥可，三隻狗都不會掉毛的喔？」

「光是這隻柯基一晚掉的毛量，就是牠們的三倍了……」禎藍只覺得陷入重重陷阱之中。

「瞧你委屈成這樣，不然我去把狗帶走！但我這裡也收不了太多，只能帶去收容所了喔。」

「嗚嗚……」此時也不知道腳邊這隻柯基是真的聽懂了什麼，忽一個起身，用水汪汪的眸光仰頭望著禎藍，讓他本來鐵下的心，瞬間又軟了。

「不，我想牠來到我們這裡，肯定是有原因的，就先給牠一個機會吧。」

這隻柯基已經結紮但沒有晶片，但禎藍仍上網貼了告示，希望能找到原本的主人。

哪怕機會渺茫，也要去試。

「看這隻柯基這麼不安，應該性情很重情、重義，才會跟漢堡相處了一天就這麼黏牠。」

撿到動物，難免會因為心疼就替對方編了一堆背景故事，但不管是因為年老被棄養的也好、意外走丟的也罷……糾結在過去，對現況並沒有幫助。

每篇發文、每個轉貼就是個希望。而任何希望，都不能放棄。

禎藍打開咖啡廳的粉絲專頁，寫道：「很歡迎原主人前來認狗，我們同時會給老柯基吃退化性關節炎的藥，也會給牠維骨力和止痛劑，也歡迎感興趣的善心人士前來探望牠，若真的有緣份，也能認養喔。」

在打字的過程中，柯基在禎藍身邊聞了聞，頭始終低低的。牠的身體半弓在地面上，很顯然是因為肌肉的緊繃與不適，已很難讓牠克制心理的不安。

禎藍蹲下來，先伸出昨夜被咬傷的手讓柯基聞了聞，柯基面有難色地盯著他的傷口，歪著頭賣萌，耳朵也往兩旁一開，變成平順的飛機耳。

「我知道你不是想故意咬我的啦……沒關係，你是不是以為不開咬的話，就沒辦法保護自己？」

柯基撇開頭，這又是種「安定訊號」，避免衝突的肢體語言。

此時，禎藍發現裘裘居然已經站在店門口，一臉戰戰兢兢的樣子。

「妳怎麼不進來？」

「不是，光想到昨晚的衝突，我就擔心。」

「別這麼擔心，如果擔心對事情有幫助的話，我們來辦個擔心大會就好了嘛。」禎藍笑道：「妳看，牠現在不是好好在我腳邊嗎？」

「嗯……話說是這樣沒錯，但是……」

這一回頭，網路上已經有許多網友紛紛給了各種意見，「柯基本來就是髖關節與椎間盤病變的好發犬種，大家千萬別看牠們年輕時可愛，到老了就棄養啊！」、「對喔，養寵物的開銷越到晚年會越吃緊，寵物沒健保，病了老了都是一個個錢坑。也祝福 SENOR 咖啡廳，你們會有福報的！」

不過，網路言論百百種，難免也有人心疼柯基，說了重話，開始謾罵和詛咒前飼主，「棄養的人都不得好死！」

「唉，希望大家以正能量代替負能量，」禎藍連忙回留言道：「我們是希望大家別對柯基的過去做太多假設，現在能怎麼幫他，才是最重要的！」

裘裘低頭看了一眼手機，「店長，你別回留言了，大家說真的也只是宣洩情緒罷了。你看，網路上的分享才三篇，留言卻有三十幾篇，裡頭還開始吵架筆戰了……」

「別想太多，有些人只是權限沒設『公開』，反正多貼就多一個希望，這樣就好了啦。」

裘裘搖搖頭，這才緩步經過柯基身邊，沒想到柯基卻嚇得彈了起來，一溜煙縮到吧檯最深處！

「天啊，牠真的很膽小耶。」裘裘軟下聲音，「我只是輕輕走過，這樣你也怕？」

「我倒認為牠是隻沒有惡意的狗。」

「這可難說，後天環境可會造就一隻狗的個性。」裘裘望見休息室後方的鐵門，輕聲問：「對了，店長，那你餵我們三隻店狗了沒？」

「啊，沒有，都在忙著柯基的事……」

「你這就叫『顧此失彼』啦！」裘裘瞅了禎藍一眼，「進店裡的第一件事就是要先餵店狗呀，然後再放牠們出來走走。」

「抱歉，我都忘了，現在我們總共有四隻狗得顧了！」

禎藍牽起柯基的牽繩，「裘裘……妳待會兒一次先只放一隻狗兒出來喔，不然我怕一群狗衝出來，這隻柯基不曉得會做出什麼反應……若是打成一團可就糟了。」

遠遠地，裡室的小房間傳出一句「好」。

禎藍又輕聲對柯基說：「等等就來見見你的室友吧，不曉得你有沒有跟室友相處過？」

隱約聽到裘裘溫柔又熱情的招呼聲，裡頭傳來一陣狗狗的騷動，而柯基也隨之吠了一聲。

牠弓起身子，模樣非常好奇，長長的尾巴高舉搖晃。

「哇，還是要小心啊！這種高頻率的搖動，說明牠的情緒很亢奮，但這種亢奮有可能一轉眼間就演變成支配性的攻擊……」

「裘裘，那妳還是先放可麗出來吧，可麗比較友善。」

只見可麗愉快地邁著大步，尾巴平順地往下左右輕搖，這是狗狗最友好的訊號。她就像個溫和友善的淑女一樣，柯基走上前去，與可麗互相聞了聞屁股。

狗狗的屁股有著肛門腺，肛門腺的味道就像狗狗的名片，能說明狗狗的健康狀態與獨一無二的氣味，身為嗅覺動物，狗狗試圖交朋友時總會「聞成一團」，只見可麗和柯基不斷繞圈圈，隨後，法國鬥牛犬麥可與獨眼吉娃娃糖糖也加入了這個「互聞屁股」的行列。

「汪嗚！」麥可的輪椅撞到柯基，痛得牠一聲大吼，糖糖則驚嚇地縮回體型最大的可麗身旁。

「嗚嗚——」可麗一反方才友善的模樣，警告地輕咬著空氣，柯基又倒退走回角落，隔了好一陣子，才又吃力地起身。

最後，可麗一個往前伸動懶腰，眼睛朝柯基微微一笑，仰起脖子朝牠半圓繞圈，做出「邀請玩耍」的動作。

這會兒，四隻店狗玩成一團，柯基也咧起嘴笑了，跟在可麗的身後跑了起來，模樣瞬間像是年輕了好幾歲。

「快，裘裘，我們帶這四隻狗去散個步吧。散步能培養感情，讓牠們一起行動比較好！」

可麗很通人性，一聽到禎藍提到「散步」兩個字，立刻帶頭走到店門旁等待，乖巧地仰起臉等裘裘穿上胸背帶。

「乖，妳最棒了！」

麥可與糖糖由禎藍牽著，柯基也彷彿忘記自己後腿無力似的，一拐一拐地跟在大夥兒後頭出了店門。

一起散步的時光很開心，裘裘與禎藍順著狗兒想走的方向，讓牠們自在嗅聞，最緊繃的柯基肩線也因此鬆了不少。聞聞草，嗅嗅花，曬曬太陽，狗兒們在日光下享受著寧靜的幸福。

柯基忽然一個暴衝，把麥可往巷弄左邊趕，又追著糖糖，還超前到可麗的面前！

「咦，牠這隻牧羊犬，是不是把夥伴當作羊在趕了啊？」禎藍苦笑的扯著繩子，「好啦，不要多管閒事哪，冷靜點！」

可麗倒是舉手投足充滿領袖氣質，根本不在意被柯基超車，只見牠仍氣定神閒地走自己的，好似認為柯基開心就好。

「好啦，柯基，你別忙了！牽繩都被你攪在一團啦！」裘裘與禎藍忙著順繩子，看著柯基很想融入大夥兒又不得其門而入的笨拙模樣，忙呼呼的倒也有種萌感。

「呵呵，老狗團又出來散步囉？」鄰居們打著招呼，雖被稱為「老狗團」，但禎藍與裘裘早已不在意了。

「每次看牠們，都覺得牠們越來越老，越來越不行了！」鄰居笑道。

「沒有啦！」禎藍與裘裘掛起敷衍的笑臉，點個頭就匆匆走過了。

裘裘其實斂不住一臉怒容。生、老、病、死乃是人生必經之路，每個過程都有其意義，實在沒必要用嘲諷的方式面對。

聽到同樣是邁入中老年的人類，輕率地對愉快散步的狗狗說出這種話，禎藍也感覺不太舒服。

「別在意，」裘裘轉頭對他說：「你看，每當這時我就慶幸，慶幸狗狗不用聽得懂人話，要是天天這樣聽這種嫌棄的話，那牠們該多傷心啊！」

「是啊，無論老不老，牠們現在是快樂的，這樣就好了。」禎藍說完，調整心情，把精神集中在糖糖、麥可笑呵呵的模樣，以及老柯基與可麗並肩小跑步的姿態。

牠們確實好快樂，在牽繩的保護下，想跑就跑，想走就走，想停就停，四隻狗用自己的步調往前走著。

經過公園，狗兒們體力不支，步姿也變得有些支離破碎。

「來，休息吧！」禎藍和裘裘看地上潮溼，便把狗兒抱到公園長椅上，讓牠們蹲坐著休息。

「沒關係喔！剛剛走了一大段，已經很棒了，喝點水吧！」裘裘從保溫瓶中倒了點溫水，禎藍則準備了水碗，讓狗狗在略冷的寒風中慢慢品味著溫開水。

趁著狗狗喘口氣的空檔，禎藍和裘裘交接著咖啡店的事宜。

「那個藍山咖啡豆二號缺貨了，所以我們會改用一號。至於甜點的部份，我們先學烤布蕾，反正這三天都店休，妳也不要有壓力，慢慢學就可以了。」

「我才不會有壓力呢，」裘裘嫣然一笑，「我可是比禎藍你更能對應壓力喔！」

「咦，」禎藍一愣，「這還是妳第一次叫我禎藍呢。」

「不行嗎？」裘裘摟著一旁可麗毛茸茸的碩大身軀，撒嬌著問：「反正我們又沒差幾歲。」

「哈哈，當然好啊，我倒覺得這樣比較自在呢！」

☕

回到店裡，為了忙公事，禎藍把元老等級的狗兒帶回休息間，柯基則留在沙發區，瞧牠神情逐漸放鬆，兩人終於可以開始工作了。

「嘎嘎嘎嘎嘎！」

才一開磨豆機，柯基立刻隨著巨大的聲響跳了起來！

「汪汪汪嗚汪！」

「沒事，只是咖啡機。」禎藍在巨響中說了好幾次，但柯基的情緒毫無平復的跡象，牠焦躁踱步，在沙發區間暴衝。

只見柯基嘴一個回頭，右一個歪頭，蹙起白白眉心，困惑不解。

「唉，不怕不怕喔，這個聲音跟你沒關係。」

「汪嗚！汪嗚——」柯基沒把禎藍的安撫聽在耳裡，煩躁地對著咖啡機猛吠。

「柯基真的好愛吠喔，牠覺得什麼事都是牠的責任。」

禎藍想了想，「我們得先用這聲音，讓牠產生『正向連結』才行！如果牠知道聽到這聲音有好事情，應該能從焦慮的狀態下回神。」

「哦哦好！」裘裘伸手拿出狗狗肉乾零食，「與其讓柯基聽到詭異的機器運作聲就驚慌失措，不如讓牠認為『聽到咖啡機運作就會有好事發生，因此無需大驚小怪！』」

「來，禎藍一開咖啡機，我就丟零食過去。」

「好喔，我開，妳丟！」

不料，兩人毫無默契可言。

「啊！」裘裘太慢拋出零食，只見狗吃得津津有味，搖了搖尾巴，昂起頭認為自己有功勞，吃完之後又繼續吠。

「嗯……」禎藍無奈道：「記得，我們要獎勵到對的時間點，不要變成牠吠才有東西吃，這樣就變成獎勵到牠的吠叫了。」

「好，我們再試一次！」

這次在柯基吠叫前就拋出零食！

「好耶！」禎藍說：「看吧，這機器不是你的敵人，所以你也沒必要叫。」

試了幾個回合，柯基似乎也累了，轉頭到沙發下歇著，留下一個蜂蜜蛋糕般蓬鬆的屁股背影示人。

因為擁有豐沛的雙層毛，柯基的「蜜桃臀」特別迷人可愛。

「也不知道牠是累了，還是真的有學懂。」裘裘聳肩。

「沒關係，牠現在還在適應環境，搞不好牠一輩子都沒過過室內生活，我們也不用太急。」

「也對。」

柯基咖啡屋

part

6

老柯基新名字

禎藍與裘裘兩人就這樣把所有機器開開關關，柯基偶爾會一臉嫌吵的模樣轉頭，一會兒又跟進吧檯，想湊熱鬧。

擁有各式香料、食材，咖啡店裡的廚房對狗狗來說是個大千天地，嗅覺敏銳的柯基眉開眼笑，慢慢繞來繞去。

較重又大的食材都放在高櫃中，但老柯基像是偵探似的，仰頭聞了半天，不放過每個蛛絲馬跡。

禎藍幫裘裘複習了焦糖瑪奇朵，兩人製作完幾道甜點，打算拿去給街坊鄰居試吃，一方面打交情，一方面也是幫忙消耗這些甜食的熱量。

若是每天都得把自己做的食物吃光光，禎藍與裘裘可是會發福變胖的。

「沒事沒事，只有我要出去，你不用出來！」眼看柯基傻笑著緊跟著禎藍，拿起牛皮紙袋的他一面用腳慢慢擋開柯基，一面開門。

「嗚汪！」被禎藍伸腳的動作惹毛，柯基吠了一聲。

「我馬上回來啦，不是要丟下你，別這樣跟上跟下啦。」

禎藍離去之後，柯基忠誠地待在門口，盡忠職守的模樣活像個軍人，眼神直勾勾望著窗外。

牠肩線繃緊，小短腿因為關節疼痛而歪向一邊，但都沒離開門邊半步。

「好啦，我這不就回來了，就跟你說過了嘛。」禎藍溫聲說，柯基搖了搖尾巴，往門旁讓開。

但牠下午的任務可沒這麼簡單就完了，柯基一溜煙又到吧檯，這時的裘裘正在著手製作冰淇淋聖代，裡面包含了果漿、餅單、起司、水蜜糖以及蜜釀水果。

「咦，是不是還少了點什麼？」裘裘回頭問禎藍。

「哦！少了歐瑞歐巧克力，來，我拿給妳。」禎藍從高櫃上拿出餅盒，一不小心差點踩到柯基，但牠一臉興致昂然，比裘裘還像個代理店長。

「這個歐瑞歐巧克力是最後再放，不然會溶掉。我們有另一款『薰衣草碎星摩卡』則是用敲碎的歐瑞歐餅乾製作的，模樣就像沉浸在紫色雲海的宇宙大爆炸一樣。」禎藍邊解說，而柯基硬是要「卡位」湊過來看。

「不行喔，這不是給你吃的……欸欸欸欸！」

轉眼間柯基居然一拱鼻子，盤子上的歐瑞歐就這麼翻在地上。碎成兩半。

「不能吃喔！狗不能吃咖啡和巧克力！」禎藍高聲道。

柯基只聞了聞餅乾，對著禎藍防衛的表現很是不滿，仰頭發出了「喔嗚嗚」

的示威聲。

「總之，你退後，離那塊歐瑞歐餅乾遠一點！」

「喔喔。」柯基擠出低沉的喉音時，裘裘笑了出來。

「禎藍，你看地上摔成兩半的歐瑞歐，中間露出的白色夾心部分，好像柯基臉上的花紋！」

「真的耶……」

只見柯基歪著頭凝望兩人，腳邊是摔成兩半的歐瑞歐餅乾，恰巧就是柯基的臉部花紋——兩邊咖啡、中間摻白。

裘裘靈機一動喚道：「歐瑞歐！」

「喔。」柯基搖了一下尾巴，雖然臉很臭，但這是相處這幾十小時以來，牠第一次對陌生字彙有反應。

「歐瑞歐！」

「喔——」牠點頭之際，禎藍朝牠遞出狗零食。

「太好了，歐瑞歐，從今以後，這就是你的名字了喔！」

「喔——」柯基敷衍的回應了一聲，大口吃著零食。

「哈哈哈哈哈！」兩人止不住笑。

「好啦，雖然你喜歡『歐瑞歐』這個發音，但你還是不能吃這個。」禎藍用掃帚輕輕地將腳邊摔碎的餅乾給掃開。

「嗚汪！」柯基看見掃吧，又是一陣推擠甩咬，緊緊黏在掃吧邊，禎藍連忙拋出狗玩具把牠打發走。

「去追這個！不要玩掃把！」

「歐瑞歐，從此吧檯就是禁區，你只能吃狗食、玩狗玩具，其他東西都不能碰。你也一把年紀了，可不能再調皮搗蛋喔。」

「嗚吼吼嗚！」歐瑞歐忙著對狗狗絨毛玩具發洩精力，又踩又咬，一臉跩樣。

「唉，到底有沒有聽懂啊？」

裘裘拍拍禎藍，「至少牠有慢慢融入了啦。」

「是啊，這裡有吃有玩、又有同伴，比牠在雨天的戶外流浪好多了。」禎藍想著，雖不知道狗狗過去發生什麼了，但只要一天比一天進步，就很好了。

就這樣度過了店休的三天。

歐瑞歐很愛乾淨，從不在店裡便溺，想上廁所時總會用老邁的爪子輕輕抓門，或去狗狗臥房後頭的花園解決。

不過，牠的表現仍不是很穩定，後腿三不五時就打滑、發軟，也讓禎藍看了很過意不去。

「光每個月保養關節的藥費和保健食品就兩、三千了呢，到底要不要收編這隻柯基？我養得起嘛？」

禎藍在沙發下方為歐瑞歐鋪了塊北歐風格的紅白鄉間針織舊地墊，歐瑞歐先用短短的前肢踏了踏，扭了扭屁股，轉了幾圈，這才窩了下來。

送走好學又勤奮的裘裘後，禎藍在咖啡廳裡枯坐，望著睡姿像條蝦捲般彎起的歐瑞歐，禎藍知道牠也還沒完全適應這裡。

「狗狗在安心的時候，睡姿應該是完全舒展開來的。但現在歐瑞歐感覺並不是很舒服呢……」

想了想，禎藍還是咬牙在網路商店訂了維骨力、止痛劑與葡萄糖胺等保健食品。

「希望歐瑞歐吃了這些後，能稍微舒服點……」禎藍坐在陰暗的咖啡廳上發著呆，「不知道為什麼，我最近好像變得很猶豫不決。」

「因為，承擔生命，本來就不是一件簡單的事喔。」灰鷹爺爺溫柔的嗓音傳了過來。

他拄著拐杖，看見禎藍略為沮喪的神情，卻沒有因此責備或說教，「我就是欣賞你深思熟慮的樣子。現在年輕人能想這麼遠的不多了，多半是在及時行樂的當下，誕生出很多悲劇。」

「爺爺，您把我說得太好了……」

「汪嗚嗚！」看見有陌生人在暗夜現身，柯基一個跳到禎藍與爺爺中間。

「歐瑞歐，不行喔！這是我們的店主人，不是壞人！」

「哈哈，這就是那個新來的小傢伙呀？」灰鷹爺爺蹲了下來，「據說……你咬傷我們禎藍？」

「對，我們還不熟牠的習性，」禎藍緊繃道：「您先不要靠太近喔！」

「好的。」灰鷹爺爺輕輕放下手杖，露出微笑，沒直盯著歐瑞歐看。

「嗚嗚？」觀察了半天，歐瑞歐終於明白這個緩慢又拿著疑似打人用品的「駝背生物」，並不是壞人。牠狐疑地在灰鷹爺爺的格紋西裝上嗅了嗅。

「爺爺，您難得在打烊的時間過來呀。」

「哈哈，其實是我今天午覺睡過頭啦，現在太有精神了，我去休息室看看那些小傢伙。」

灰鷹爺爺是個慢郎中，但喜怒不形於色，不會像袞袞那樣熱情甜蜜地擁抱狗，但可麗、麥可與糖糖看到他都很開心，圍著他好一會兒，像是過年討紅包的小孩，雖然灰鷹爺爺手上沒有零食，但老狗狗最需要的是陪伴，灰鷹爺爺怎麼會不知道。

「嗨，大姐，」爺爺望著越來越瘦、毛髮近乎褪色的銀白色可麗，他總用大姐這麼稱呼牠，「妳現在開始包成人紙尿褲啦？怎麼跟我一樣，讓我有個伴了。哈哈哈哈！冬天的夜裡，肚子多了一層保暖，其實沒想像中糟，對吧？」

「呼呼呼」可麗的臉微笑著，將頭頂在灰鷹爺爺裡撒嬌。

禎藍聽著這一向獨來獨往的灰鷹爺爺，居然把自己的私事都托盤說了出來，讓他有些尷尬，不知道是否該迴避。

其實，灰鷹爺爺很少主動談自己的事情，都一起工作了這麼久，禎藍只能推測出他是住在步行能到的位置，卻沒聽他說過任何親人的事。

「莫非是沒有親人嗎？」一方面是擔心，一方面也是好奇，他牽上緊守在店門口的歐瑞歐，「爺爺，我送您回家吧？」

「哦？為什麼？」爺爺揚起驚訝的白眉毛，琥珀色的鏡框後頭閃爍著猶豫，「你才應該下班了，年輕人要有自己的生活，不需要每天跟這些狗綁在一起，都九點了，你就回去吧，店門我會鎖的。」

「哦哦，這樣嗎……」禎藍駐足了一會兒，但體力的確有些撐不住了。忙了一天，他確實也很累，但又不忍心打擾爺爺與三隻狗兒的玩樂時間。

「那就照您說的做吧，我先告辭喔！」

「放心，待會兒店門我會鎖好的。」

「是！」一把將撤下腰間的圍裙給撤下，禎藍伸了伸筋骨，歐瑞歐一時又焦慮起來，跟在他身旁。

「好啦，我要回家了，你也可以安心休息囉。」

禎藍關起門時，看著歐瑞歐正透過落地窗不安地瞪著自己，又忙著走來走去。

「應該沒問題吧……」

往前走了幾步，居然聽到歐瑞歐的狂吠聲！

「嗚汪汪汪汪！」這次是挑釁又暴怒，事不宜遲，禎藍立刻拔腿跑回店裡。

只見灰鷹爺爺跪坐在地，痛苦地撫著膝蓋；而歐瑞歐竟像獵犬抓住獵物般圍著圈子朝他猛吠。

「天啊，爺爺，沒事吧？」

老人跌倒恐怕會引發嚴重的後果，禎藍猛速拉開店門，將灰鷹爺爺扶起。

「歐瑞歐，退後！你剛剛做了什麼！」

part

7

歐瑞歐闖禍了

「不要怪牠，別興師問罪……」灰鷹爺爺虛弱地說：「可能是我剛剛用手杖不小心絆了牠一下，一時又想閃過牠，這就跌倒了。」

看見自己闖了大禍，歐瑞歐的尾巴頹喪地舉起，一會兒又站起來發抖，表情卻疵牙咧嘴，讓人心寒。

「你……你知道自己剛剛幹了什麼好事嗎！」

「禎藍，這隻狗真的是一隻焦慮的狗狗，你不要投射出指責的能量，牠根本不知道自己做錯什麼，越罵會越兇。」爺爺在禎藍的攙扶下虛弱地站起。摒住氣，爺爺朝歐瑞歐緩聲說道：「我知道你很害怕，我知道你已經認為自己不值得被關愛了，我也知道你的身體很痛，不過……即使是這樣，我們還是非常歡迎你留下。」

歐瑞歐的顫抖停止了，牠縮到沙發裡面，只發出哼哼的咬牙切齒聲音。

「禎藍，狗狗就跟人一樣，不要只看到牠們憤怒、攻擊、怪罪的一面，那都是挫敗、發洩不安的表現。」

「爺爺……總之還是讓我陪你去醫院檢查吧？」

「哈哈，不用啦，我只是跌了一下，別把我想像得太嚴重。」

「那至少讓我陪你回去好嗎？我們別用走的，坐計程車好不好？」

禎藍先鎖好店門，拉下鐵門，隱約聽見歐瑞歐發出「嗚嗚」的啜泣聲。

「這是『分離焦慮』。牠不想和人分開。知道為什麼嗎？」爺爺莞爾：「因為這隻狗知道，自己開始需要我們了。」爺爺睿智地看著禎藍的棕色雙眸，「而光是讓牠認知到這點，就是很大的進步了。」

「可是……我該怎麼做呢？」

「我們都只需要一件事。」灰鷹爺爺用別具深意的神情回答：「時間。」

「時間？」禎藍追問著。

計程車來了，禎藍在灰鷹爺爺彎腰時用手護著他的頭，而爺爺只對他點點頭。

目送計程車離去，禎藍心底浮現起一股空蕩蕩的感覺。

「總覺得，灰鷹爺爺有什麼難言之癮……是我多想了嗎？」

很快地，給裘裘的員工訓練兼店休已經結束了。

今天是回歸的第一天。

一早，裘裘就架式十足地豎起馬尾，一襲白制服的禎藍，朝她遞出只有穿上店長才能穿的深色圍裙。

「來！有請代理店長。」

「哎唷，太不好意思啦……」裘裘雖是這麼說，但雙手可沒閒著，反倒大剌剌地張開，一副等著禎藍幫她繫圍裙的自信模樣。

「嗯，很棒耶！」裘裘照著窗玻璃中的倒影，很滿意現在的自己。

「還好有妳！」禎藍望著仍重重包紮的傷口，「我的虎口被咬傷，這幾天只能戴著防水手套幫忙洗碗了。」

「噓……」裘裘看見外頭已經有客人正要等著進門，連忙壓低聲音：「晚點一定會有人關心你的手，但你千萬別說你的手為何受傷，否則傳出去就難聽了，人家會說我們養了一隻會咬人的柯基……」

「啊啊，是我太少根筋了。」禎藍一拍額頭，「多謝提醒！」

「唉，沒有我，你可怎麼辦？」

「沒有妳，我真的不行。」禎藍憋著笑，心滿意足。

這三天的訓練果然沒白費，裘裘對廚房的運作早已經胸有成竹，菜單上的菜都駕輕就熟，禎藍唯一放心不下的就只有——歐瑞歐。

牠實在太愛吠了。

不過，經過這三天的訓練，歐瑞歐已經從狂吠轉為低吠一聲，聽到機器運作聲也只會在喉間「嗚汪」幾下，還在可以容忍的範圍內。

禎藍牽住歐瑞歐，將牠拉到老黑膠播放櫃後方的粉紅小軟墊上。

「嗚嗚喔嗚……」

「你這臉是怎麼樣？不滿意？」

禎藍問完，柯基斜眼看他。

這模樣白目中帶著敵意，是個徹徹底底的大白眼。

「沒看過你這種白眼翻到天邊的狗。」禎藍傻眼。

歐瑞歐一臉不屑，還在墊子上左挪右挪，渾身散發出不爽的氣場。

「都伺候你三天了，你到底想怎麼樣啦！」

禎藍伸手想撫歐瑞歐，牠卻偏開頭，還露牙低吼。

「這……」禎藍非常頭痛，只好默默回櫃台，寫了張「新來店狗實習中，勿擾」的紙牌，放在歐瑞歐的座墊前方。

「歐瑞歐，這幾天你應該熟悉規矩了吧？等等開門見客時，拜託不要小題大作，知道嗎？」

「喔。」

「喔什麼喔啦！」

「喔。」歐瑞歐依舊是從喉間發出這種讓人不悅的悶聲。

雖然知道狗不是在說人話，但每次看到歐瑞歐這張皺起眉頭又不失喜感的臉，禎藍就很想笑。

「好啦，不管你了。」他慎重交代：「總之，你跟客人保持距離，不要亂來。」

不料這一天下來，歐瑞歐每次看到有人開門，總是熱情地甩著尾巴迎上去！

「哇！居然有柯基！」

「這就是那隻柯基嗎？」

「對對對！」

「好可愛啊！」總有客人會驚訝道：「柯基居然有尾巴？」

「就像多數狗狗一樣，柯基與生俱來就有長長的尾巴，」禎藍一面把歐瑞歐往後拉，一面肅穆地解釋：「只是繁殖業者為了『好看』、『方便畜牧』等理由，常會將一生下來的小柯基抓走，血淋淋地砍掉牠們的尾巴，但這樣實在太野蠻了，目前全世界的柯基飼主已經展開宣導，不該再讓柯基有所殘缺，有尾巴也才能看出狗狗的喜怒哀樂，就像現在的歐瑞歐一樣，能自由表達牠的情緒。」

「哇，看起來這隻柯基真的很激動呢！我能摸牠嗎？」

「不行！」禎藍連忙把歐瑞歐往後拉，但牠的腿在地上打滑，死不放棄的模樣，逗笑了眾人。

最後，歐瑞歐聞了聞客人，卻用厭惡的表情閃躲眾人的雙手。

「那個……」禎藍趕忙說：「目前歐瑞歐是個不稱職的店長，牠不是很喜歡被摸被抱。」

「哦哦，這樣啊……」

多半熟客都能接受這點，有人說牠太胖，有人說牠太瘦，有人說牠臭臉的模樣「很有個性」，但禎藍只想著，同個屋簷下，人犬均安就好。

而歐瑞歐確實是對店裡的一切都感到很新鮮好奇，常轉動一對大耳朵偷聽，伸長脖子聞著空氣中各種食物與咖啡的香氣。

「歐瑞歐開始適應了，這是好現象。」

門一開，歐瑞歐總會用粗嘎的嗓音低吠一聲，隨後一拐一拐地來到客人跟前，左聞聞、東聞聞，像個查票員一樣。一看到客人起身要結帳，牠也緊跟在後。

「唉呀，怎麼這麼不服老呢？腳痛就乖乖休息啦。」禎藍乾脆把歐瑞歐綁在墊子附近，限制牠的行動，以免牠光一天內就要又站又起幾十次，讓濕冷雨天裡的關節炎更嚴重。

忙了一天，禎藍發現歐瑞歐的精神不錯，多半是閉目養神，他把關節保養品加在歐瑞歐的罐頭裡，牠也毫不猶豫地吃完。

「看樣子腳的問題是不用太擔心了，至少別讓它惡化下去。」

歐瑞歐打了個飽嗝，望著飄雨的窗外。

牠的神情，落寞中……照常帶了點「欠揍」。

「喂，」禎藍感覺額上的青筋在隱隱跳動，「每次你看到我，怎麼都好像在翻白眼？」

一個蹲坐，把頭擱在軟墊上，歐瑞歐的表情顯得更欠揍了。

「你剛剛的白眼，是什麼意思？」

「呼……」裘裘當了一天店長，腰痠背痛，在一旁舒展筋骨，邊瞧著禎藍傻笑，「真不知道你平常是怎麼一個人做到的？今天好幾次差點搞錯步驟，多謝你來救我。」

「沒有啦！我是店長，本來就應該要幫妳。」禎藍撫了撫頭，「還好接下來都不是人潮洶湧的週末，我們平常心應對就好。」

「好……」裘裘動了動僵硬的肩膀。

「真的不行，就這樣……」禎藍一個箭步衝到門邊，把「營業中」的招牌翻下，改成「休息中」。

「哈哈，真的要這樣嗎？」

「以前我們也這樣過啊！真的很累的時候，這就是我們的祕密王牌。」禎藍笑道：「牌子一翻，就可以解決很多問題了。」

「對，我想起來了。」以前剛開店時，我們動作都很匆忙，你臉色整天都很緊繃，還得吞抗焦慮的藥丸。

「是呀，我一緊張就會頭痛想吐。而且妳原本只是工讀生，忽然要妳當代理店長，已經很為難妳了。」

「不會啦，我很喜歡這間店，能夠學後台的東西我很開心。我有聽說過很多店長不喜歡工讀生來廚房，擔心他們把店內的知識偷學走，禎藍你卻願意手把手地教我，我實在很幸運。」

「沒有啦。是我自己要笨，才會讓狗給咬到，要多謝妳幫忙才是。」

兩人關店前，又把所有狗狗蹓了一次。

每隻狗狗都穿上雨衣。微濕的夜色裡，糖糖穿著粉紅色圓點雨衣，高大的可麗則披著空靈的透明雨衣，法國鬥牛犬麥可穿著藍雨衣。

就只有柯基歐瑞歐，還來沒得給牠買雨衣。

但歐瑞歐可一點都不在乎！牠吐著半截舌頭，忙呼呼地一會兒走到前頭，一會兒跑到後頭。

柯基腿短，身形「底盤」很低，腹部的毛髮早都濺髒了，晚點吹乾又是另一番奮戰。

看著四隻老狗浩浩蕩蕩地在前頭走著，禎藍與裘裘隨意閒談。

「裘裘，妳時間安排上真的可以嗎？學校那邊不要緊嗎？」

「嗯……應該吧。」

禎藍有點訝異，裘裘畢竟是個學生，但現在幾乎把時間都奉獻給這間店，已經很久沒主動提到學校的事了。

「對了，裘裘，妳當店長這幾天，我會讓妳領店長的薪資。」

「喔喔。」裘裘後知後覺地笑了笑，「這樣好嗎？」

「這本來就是應該的，怎能讓工讀生做店長的工作卻領原本的時薪呢？」

「哈哈，我能趁機跟店長學東西，本身就是一種報酬了！」裘裘笑得恬淡，像支櫻花冰淇淋。她安穩地牽著狗狗們的牽繩，繼續往前邁進。

經過這段時間的相處，禎藍隱約察覺裘裘是被保護得很好的女孩子，她出身自教育良好的中產階級家庭，和自己不太一樣，不需為錢發愁，純粹是因為愛狗才來打工。

以前也常聽到她說在藝術大學上課的各種趣事，怎麼最近比較少開口了？

「對了，學校那裡沒事吧？上學期妳選修了好幾門課，好多課都得趕製作品，每次都看妳來去匆匆，最近似乎有些時間了吧？如果時間上不行，還是要告訴我喔。」

「不會啦，接下來我的課都安排到早上了，下午與晚上沒課。」

「這麼巧？」

「禎藍……莫非你不相信我？」

「不是不是。」

「對了！」裘裘像忽然想起什麼似的仰頸笑道，「我明天還要跟你複習『咖啡烘培』的知識喔！什麼咖啡豆該用什麼烘培方法，這可是大學問！」

「喔喔好，明天教給妳！」

兩人走回 SENOR，領著狗狗們一一進門，用溫水沾毛斤擦腳，給了睡前的零食。狗狗們亂中有序，但很快就歇下了。

即使機台和廚房都打烊了，空氣中，仍瀰漫著晚上的咖啡香。

「啊，真好……」裘裘發出滿足的輕嘆。

「熟齡狗狗就像深培的咖啡，越喝越有味道。」她回道，隨後嬌甜一笑：「抱歉，這好像是店長該說的話才對！」

「妳現在也是個店長沒錯啊！」禎藍瞇眼莞爾，「未來我手傷未癒的這幾天，可得靠妳了！」

「沒問題！」裘裘向店長充滿朝氣地敬禮，騎著蝴蝶藍色的腳踏車，往藝術大學的方向離去了。

part

8

時間的解藥

今天禎藍發現，日前貼出去的臉書有幾則回應。其中一則是個女高中生留的，還附上影片。

她寫道：「這隻柯基在我們後山流浪很久了，沒什麼自信，很不親近人，大家怎麼叫都叫不動。我們學校課業那麼重，也沒辦法整天守著牠，有看過牠在後山吃著垃圾。」

影片中，歐瑞歐正戰戰兢兢地淋著雨吃垃圾，退化性關節炎讓牠走得落魄，濕透的毛髮也看起來可憐兮兮。有幾個同學試圖放食物去給牠，卻被歐瑞歐的咆哮給嚇走。

「天啊，真的是『可憐之人，必有可恨之處』！」男同學們無奈地對著鏡頭說：「我們真的不知道該怎麼幫牠！」

寵物流浪時的身心狀態壓力很大，面對的是「該如何能活下來的生存壓力」，這恐怕不是現代衣食無缺的孩子們能理解的。

禎藍回憶起灰鷹爺爺日前淡淡的那句「時間」。

確實，時間能解決許多問題，瞧著此刻在沙發椅底下亮著眼睛等早餐的歐瑞歐，禎藍還真認不出牠就是影片中那隻可憐的落湯「基」。

「歐瑞歐，看來你會跑到我們咖啡店裡也是有緣，我們就這樣和平共處吧？」

「喔。」歐瑞歐照樣以喉嚨深處的低音回答，有點可愛，有點惱人。

說起來，歐瑞歐很有個性，一般流浪狗多半會搖尾乞憐，但牠打從遇到禎藍開始就一臉不屑，起初連店裡都不願意進，甚至還咬人。

「真的是很好的見面紀念品。」禎藍望著手上這一大包紗布，苦笑著。

然而，人與動物的適應力都是非常神奇的。

歐瑞歐聽到廚房機器運作的聲音頂多吠一聲，有客人來時會起身「巡邏」，雖然下盤關節不穩，讓牠常常發抖又打滑，但歐瑞歐殷勤地招呼來賓，不斷轉圈又好奇地聞著客人，「瞻前顧後」的積極模樣，讓禎藍也不禁心疼地大嘆：

「唉，不要勉強了啦！你怎麼這麼不服老！」

「不服老很好啊！」一位客人大媽笑著，「你看，牠也很開心！」

確實，被眾人的笑聲簇擁的歐瑞歐，也正咧著嘴，吐著舌頭。

「禎藍……」裘裘將身子探過吧檯，柔聲道：「你有沒有注意到什麼事？」

「嗯？」

「這還是歐瑞歐來我們店裡，第一次笑呢。」

在泛黃的燈幕中，歐瑞歐忙呼呼地扭著屁股，跟在裘裘腳邊招呼客人點餐，一會兒想溜到吧檯被阻止，牠一臉挫敗，這才回沙發的窩裡休息。
「希望歐瑞歐能一直都這麼開心。」禎藍心想。

歐瑞歐來到 SENOR 咖啡廳已經好一陣子，經過禎藍每個月砸了好幾千元為牠買關節保養品，歐瑞歐已經恢復到愛跑愛跳的個性，原本痛得拱背的習慣，如今也改善不少。
最近又吃了高級的老犬飼料，歐瑞歐眼神清亮，暖棕色的毛髮也從粗糙變得又細又滑。
但即便如此，牠還是不給人摸。
跩個二五八萬的模樣依然沒變。就連遇到雨天外出，回來肚子濕濕的，裘裘也只能遠遠幫牠吹毛。
「到底要怎麼樣才能讓人摸呢？」每次一「手癢」想摸狗，禎藍望著虎口上的傷疤，就冷靜了些。
也因此，裘裘特地在沙發區外掛著牌子，上頭寫著：『店狗不給摸，客人莫在意』。
禎藍望著牌子道：「仔細一想，狗狗也是有意識，有自主權概念的生命，本來就沒有義務要給誰摸。」

「就像禎藍和我已經一起工作很久，我們也這麼熟了，你和我也不用『摸』來證明什麼啊！」

「啊哈哈！」禎藍紅著耳根，「好像是這樣沒錯！」

裘裘疵起牙，故意張嘴朝他撲去，禎藍邊喊著「好可怕的寵物，我不要養」邊逃開。

在如此歡樂的氣氛下，咖啡廳迎來面試新工讀生的日子。

工讀生都是住在附近的大學生，看到 SENOR 的高薪網路徵才告示而來，由於要幫忙照顧店狗們，所以這裡的薪水是一般餐飲店的兩倍。

禎藍與裘裘分別泡了紅茶給每位工讀生的面試者，一一面談。

其中有位工讀生染著綠頭髮，手上刺著荊棘的刺青，請他自我介紹，他也不太多話。

「我需要工讀費，我也喜歡狗，可以接受輪班，就住附近。」

坦蕩蕩的態度讓人很欣賞，歐瑞歐看到他先是低吠露牙，但工讀生只是平靜蹲下，攤開手掌，撇頭並眨眼睛。

「哇，你也會『安定訊號』？」

「對，我在跟這隻柯基說我沒惡意。」

歐瑞歐很快就一搖一擺跟上來，把少年和其他工讀生都嗅了一遍。最後，牠停留在綠髮少年跟前，一臉驕傲地挺出胸膛。

「哦，我們的柯基店長已經下決定了？」

「汪！」沙啞卻有力的一聲吠叫，讓禎藍與裘裘決定雇用綠髮少年。

「朋友都叫我『大鑒』，反正我魁梧，長得也很『大件』！」

大鑒是臭著臉說出這番話的，眾人卻笑到不行。

自從遇見幫牠洗澡的美容店店員「漢堡」後，歐瑞歐很少對青年展現出這麼高度的歡迎，雖不給人摸，卻對大鑒一個彎腰，亢奮地捲起尾巴，搖起屁屁！

「嗚呼！」歐瑞歐繞著圈子，大鑒也燦爛笑著對牠繞圈子。

「哇，牠在邀請你玩耶！」裘裘驚呼：「看來，你跟歐瑞歐真的非常有緣喔！」

歐瑞歐與大鑒在同一時間圈成半圓，又在同一秒鐘分開。

一前一後追逐著彼此，人與狗之間滿是默契。

可是下一秒，悲劇卻發生了！

「歐瑞歐！不行！啊啊啊——天啊！」等禎藍趕過去時，歐瑞歐居然已經緊咬住大鑒的後腳跟不放！

「不行，歐瑞歐！」

「啊，他把我當成羊了！追咬腳跟，是牧羊犬的天性。」大鑒一臉淡定，直到他與歐瑞歐四目相交，歐瑞歐才醒了過來。

「玩這個，去撿！」大鑒把狗狗玩具扔得老遠，歐瑞歐立刻翹著屁股呼嚕嚕追去。

「嗚嗚！嗚嗚！」牠對著好不容易到手的娃娃左咬右咬，一臉殺意。

大鑒緩緩說：「我剛剛把牠牧羊犬管教羊的狀態，調整到狩獵狀態，這時就是讓牠去咬玩具。」

「你沒受傷吧？」眾人都擔心不已，大鑒只聳聳肩。

他的褲管是有兩三個齒痕，看得讓人怵目驚心。

大鑒隨之轉過腳跟，「冬天嘛，我穿著靴子和厚襪子，沒事。」

「嘿嘿嘿嘿……」一旁的歐瑞歐還叼著浣熊玩具，大大的犬齒之間透出亢奮的氣音，賊頭賊腦地回窩裡啃著去了。

裘裘傻眼：「牠真的覺得那可憐的浣熊玩偶，已經是歸牠管的『人質』。」

「沒關係啦，牠喜歡就好。」禎藍苦笑，「至少牠有自己的沙發、玩具、水碗，就表示牠把這當自己家了。這對原本不肯進店門的歐瑞歐來說，是很大的進步耶。」

「嗯。其實老狗的適應能力也很強喔！『活到老，學到老』這句話用在老狗身上也很合適啊！」大鑒轉向禎藍。

「好，那大家麻煩幫我記得，歐瑞歐的玩具就是固定那幾個，千萬不要直接用手、用腳去跟牠玩！」

「好。」幾位工讀生和裘裘也點頭記下。

若是眾人若各有各的管教方法，就像多頭馬車一樣毫無效率，對歐瑞歐這隻機伶卻愛裝賣萌的老狗，則是趁隙而入的造反機會。

不一會兒，牠看到人多就「嗨」了起來，又有追咬動作，禎藍立刻喝止，隨後丟擲玩偶把牠引開。

「狗的遺傳因子真神奇。牧羊犬趕羊時會假裝要追咬羊，但並不會傷害羊呢。」

「柯基是牧羊犬家族中出了名的短腿管家婆，腿短短的卻很殷勤，在身形巨大的牛羊肚子下方鑽來鑽去管理秩序，犬種的血脈，真的隱藏了很多故事。」裘裘說。

「是啊，SENOR這間店每收養一條店犬，就好像重新上一門課一樣。」禎藍望向廚房林林總總的各式咖啡製作儀器與咖啡豆，工讀生們則在他的帶領下，以躍躍欲試的神情參觀。

「啊，餵狗的時間到了。」裘裘瞧向牆角的深藍大方鐘，沉澱著鼻息。禎藍觀察到她這個緊繃肩線、眉心微蹙的小動作。

「裘裘是有什麼心事呢？以前她總是不加思索就進入後頭的小狗屋，這幾天好像都心事重重的模樣……」

只見裘裘在櫃子前分了神，一手拿可麗的尿布、麥可與糖糖的藥品。呆站了半分鐘後，她又將這些東西全都放下，改拿濕紙巾和飼料。

「等等，我應該是先餵牠們飼料，才餵藥。」裘裘湊近櫃子貼的每日照護事項，煩躁地抓著頭髮。

照顧三隻老狗的食、衣、住、行、育樂兼醫療、清潔，實在不容易，禎藍又要帶工讀生無法幫忙，裘裘以往都能得心應手，今天大概也沒問題吧？才這麼想著，聽到裡頭連續傳來高分貝的狗兒尖吼。

「咿咿咿——」

禎藍連忙趕往狗狗房，只見脾氣一向最好的可麗，居然朝著裘裘疵牙咧嘴！

「天哪，怎麼了！」

裘裘流下眼淚，手背上有著一道被抓傷的血痕。

「來，讓我看看……」

裘裘推開禎藍，對可麗咆哮：「妳為什麼要這樣子！照顧妳這麼多年還要被妳兇！」

part

9

可麗的憤怒

「嗚汪汪！汪嗚嗚嗚——」可麗把飼料全打翻一地，豎起一身白毛在房間內亂竄，麥可與糖糖受了驚嚇，拼了命地縮在裘裘身旁狂吠。

裘裘止不住氣，又吼：「為什麼忽然性情大變？妳是有什麼毛病？」

「咿咿！」可麗的體型優勢真的把禎藍也嚇傻了，牠以咆哮聲來回應著裘裘的責罵。

然而，可麗弓起來的垂老身子，卻在不斷發抖，不曉得是氣到顫抖，還是被裘裘變臉的模樣給嚇到發抖了？

「剛剛牠不願意吃飯，我把飼料拿在手上稍微一推，牠就成了這種德性……真的不知道我是命多賤，來這裡當奴才！」

禎藍沒想到總是溫柔可人的裘裘，為何忽然說出這麼偏激的話，連忙把她帶開。

「唉……裘裘，你我都是奴才。我們是金錢的奴才，也是狗的奴才，只是兩個奴才恰巧走到同條路上了，我和妳一樣『奴』，哈哈！」禎藍發現裘裘沒笑，改換上嚴肅面容，笨拙地頓了幾秒。

「裘裘……有我在，我會想個法子替妳分擔的，剛剛的事……不要太放在心上，好嗎？」

其他工讀生看到剛剛才氣定神閒招呼他們的大美女，此刻竟梨花帶淚地跪坐在禎藍懷裡，也不禁覺得……不離不棄地照顧老狗，真的好難。

「還是你們最乖了。」獨眼吉娃娃「糖糖」被裘裘摟了過來，乖乖被點青光眼的眼藥水，麥可則安靜吃飯，乖乖被裘裘整理著癱瘓的下半身。

一會兒，麥可坐回輪椅愉快到咖啡廳奔跑，

當晚，可麗被上了頭套，防止牠再回頭抓人，由大鑒和禎藍帶上車。

下一站，當然就是獸醫院了。

高齡狗狗通常是獸醫院的「座上賓」，醫生看看可麗，推測是天氣冷沒胃口，或老人家鬧脾氣。

「老狗也容易有憂鬱症喔，要多多幫牠們抒壓才好。」這年頭，狗狗醫生要精通狗的生理，更身兼心理醫生，只見綁著馬尾的慈祥女醫生搔了搔頭，「最近，可麗的生活有什麼重大更動嗎？」

「沒有，倒是有新成員加入了我們店裡。」禎藍隨著醫生的詢問，越說越多。

「哦……可麗出來陪客的時間被擠壓了，取而代之是柯基在店頭的時段多啊？」醫生笑著：「要是我也會心頭上火，想找人出出氣呢。」

「唉，可憐的裘裘成了出氣包，」禎藍嘆氣，「她費心照顧可麗好多年了，剛剛真的是難過死了……」

「沒想到，狗狗也會上演後宮的勾心鬥角。」大鑒說。

「狗和人沒那麼不同，都是動物，都有獸性。」醫生十分認真地說，一面繼續觸診可麗。

可麗的姿態可是比方才困在小狗房的模樣好多了，還在看診台上大刺刺地任醫生翻著毛髮、摸著肚子，一副貴妃出浴的慵懶模樣。

禎藍不禁說道：「我看可麗是不是出來透透氣就好多了呀？但我們每天都有讓牠們出來散步兩次，維持運動量也很重要，原來這樣還不夠？」

「可麗年輕時肯定是個大美女，以前大概很受寵，這幾年病了，忽然陪伴時間又被歐瑞歐給壓縮了大半，當然會心情不好。」裘裘從走廊半跑進來解釋。

披著大外套現身的她，讓診間的一行人很意外。

「妳怎麼跟來了？」

「我自己騎車來的……實在放心不下。」裘裘以清澈的雙眸望向醫生，「請您再檢查看看是否有其他原因，可麗平常很大器、穩定，搞不好是有其他原因才向我發飆的……」

「好的，我的檢查還沒做完喔！」醫生堅定地對裘裘點頭，「妳說的沒錯喔。老狗發現自己這裡不行，那裡不行後，性情上一定會有改變，年輕時再樂觀親人的狗，得病後也可能會變得兇暴焦躁。可麗如果是突如其來的『變臉』，真的就要特別注意了。」

而當醫生宣佈要給可麗先作X光攝影時，他們見到的是一隻暴跳如雷的陌生狗兒，醫生和護士助理，加上禎藍兩個大男人都駕馭不住。

「哇啊啊，小心！」眾人先是一陣強壓、隨後拿著嘴套、頭套湊上來，但可麗的咆哮和怒吼只是越來越激昂，甚至做勢想咬裘裘。

而牠瞄準的，居然是裘裘的喉嚨！

禎藍嚇傻了。是有多大的殺意，才會對裘裘展開這種攻擊？

明明是日日夜夜照護可麗最用心的，居然差點被撕開喉嚨，裘裘剛剛吞回去的眼淚，這回兒可全飆出來了。

她再也沒辦法承受這種痛苦，一個回頭就奔出醫院。

「我看……我們今天到此為止吧，看來可麗是太緊繃了。老狗生了病可能本來就變得更神經質……」醫生在口罩後苦笑，「除非要打鎮靜劑檢查，但對於已經高齡十三歲的老狗，我實在不建議這種方式。光是打入鎮靜劑，對牠的心肺就是極大的風險了，老狗很可能就這樣沒醒來了。」

望著眼前彷彿進入廝殺狩獵狀態的可麗，禎藍想著牠過去的種種乖巧伶俐又溫柔的表現，拼命深呼吸。

他想著剛來店裡時見到一身秀麗白毛翩翩地飄舞，宛若精靈的可麗；想到可麗溫柔安撫剛坐上輪椅的麥可並鼓勵牠前進的模樣；想到可麗吃東西時優雅又安穩的大小姐氣質，又看看眼前氣得顫抖，靠著牆壁，眼神卻哀淒無比的可麗。

禎藍還不想就這樣放棄。

「大鑒，那我們今晚就先把可麗帶回去吧，不要打鎮靜劑。也抱歉麻煩醫生了。」

「好的，我可以開一些舒緩情緒的藥，止痛藥我也會開，你們回去讓可麗吃吃看，也可能過一陣子，她就沒這麼易怒焦躁了。」

「好的。」禎藍請大鑒先帶可麗回店，大鑒很有耐心地等可麗平靜下來，先去公園走了一圈，才帶牠回店裡。

一人一狗之間沒有言語，只享受彼此的陪伴。但說也奇怪，可麗沒看到裘袞，反而情緒就好多了。

而這一頭呢，禎藍在醫院前打電話給袞袞。響了兩次都沒接。禎藍開始緊張，在醫院附近跑來跑去找人。

「是在鬧脾氣嗎？最近袞袞確實也有變得比往常安靜，」禎藍自言自語，「我是不是應該問一下發生什麼事呢？可是，如果我問了，會不會太干涉人家……」

「好煩喔。」身後傳來袞袞暖甜中帶著抱怨的聲音，「還好我知道你有自言自語的習慣，否則啊，剛剛好多路人看到你失魂落魄地找我。」

「我……」禎藍百口莫辯，一想到自己方才的話全被聽見了，尷尬地下頭。

「不過，『被找』的感覺還是很好的。」袞袞微笑，「謝謝你來找我。」

「沒有啦。我知道妳很難過。」

「其實，天天看到可麗大小便失禁，還會安慰牠，稱讚牠很棒，但你我也心知肚明，老化是無論吃再多保養品和藥都很難擋住的事，生老病死誰能擋住？但看到朝夕相處的狗狗衰弱又發怒的模樣，我真的很難過。」

「袞袞，我們都盡力了，妳只要這樣告訴自己就好。」

「前陣子每天照顧三隻狗，我肩頸太過緊繃，出現手麻、耳鳴的現象，前陣子畫畫時也因為這樣掉筆，打翻水彩盤。後來我去給中醫師針灸，醫師說我背上和頸椎有好幾個筋結，不治好會持續疼痛。」

「天啊，這已經是『職業傷害』了，身為店長，我會跟灰鷹爺爺說，我們會多聘幾個工讀生來照顧狗狗，妳這段時間就先休息啦！」

「我去針灸復健是沒關係，醫生也說能治好。最嚴重的是失眠……其實，我已經失眠好一陣子了，也開始害怕去上班，不想看到狗狗老了的樣子。我想……我真的是個懦弱的人吧。」

「那是因為……妳對牠們用情很深。」禎藍凝望著袁袁的眼睛，「也謝謝妳跟我直說。光靠我們兩個人果然太勉強了，還好現在請了三個幫手，我會安排妳休息的。」

「不，我不是想要休息，我很喜歡這間店，還是會很想念狗狗、很掛念……我經常為了查詢最好的照護方式而去買書，上網查資料……一個晚上就這樣過去了。」

這麼善良且無私的女孩，要是責備她就太過份了，禎藍想著。

冬夜裡，在路邊的冰涼長椅上蹭著手說話，實在考驗兩人的體力，禎藍領著她慢慢朝 SENOR 咖啡廳的方向走。

「裘裘，那妳把剛剛那些照護老狗的網路文章印出來，也把妳的書都帶來店裡擺著好嗎？」

「可是，這樣不會跟店裡擺設不搭嗎？」

「不會啊！我們的老狗狗會輪流出來在後面的沙發小棚下『坐檯』，就算只是睡覺或傻傻地看著人潮，我想都會對牠們的健康有所幫助喔！就跟裘裘妳還是會想來店裡是一樣的啊！」

「真的，一旦覺得自己不被需要，就會越來越覺得自己沒用了呢……」裘裘終於明白了禎藍的意思。

「再說，我認為店裡本來就散發出一種長者的風範。老黑膠唱片、老唱機，每週都會來放唱片的灰鷹爺爺、復古風的擺設，再多放幾本關於老狗的書，又有什麼不可以呢？」

「店長……」裘裘含淚望著禎藍，鬆了口氣。

她終於可以不用盯著床頭櫃上那幾本老狗照顧的書籍，想著狗狗衰老的模樣而難過了。

禎藍輕聲道：「唉，經過這陣子這幾件事，我也不禁覺得……牠們真的老了啊……我們叫牠們樂齡狗狗、資深狗狗，但要把『老』當成一件幸福的事，真的很難啊。」

裘裘撥著髮絲傻笑，「以前聽到人家叫『老狗』還會不爽，但……現在真的不得不承認，牠們老了。」

「沒關係的，我們的初衷本來就是要讓牠們養老啊。」他一個挺胸，「我，禎藍——在此感謝上天，能夠有足夠的健康、人力和金錢照顧牠們！謝謝老天爺！」

瞧向忽然駐足對冬季星空大吼的禎藍，裘裘露出淺淺的笑弧。

「可惡，裘裘，現在不是笑的時候！」

「哼，這麼激進的大吼，真的不像你。你明明就是想逗我笑才這樣的吧？」

「誰想逗妳笑啦，我是真的覺得，到了這節骨眼，得好好感謝老天爺！」

禎藍一個抓住裘裘的手。

他的掌心炙熱而粗糙，與裘裘想像中的細膩很不同。

「這是扛起我們這些人和狗的咖啡店店長的手呢。」

想著想著，裘裘也順著禎藍的手勢揚起胳膊，「謝謝老天爺。」

「太小聲了，這樣老天爺真的會聽到嘛？」禎藍又開始自言自語，「算了，當初我連想開一間咖啡店的心情都沒說給任何人聽，老天爺就都知道了，際遇真的很奇妙。裘裘，妳剛剛的音量就可以了。」

還好沒被逼著孩子氣大喊，在夜晚的街上影響鄰居。

回家的路上，裘裘也一面在心底感謝著老天爺。

她有個好棒、好可靠的店長呢。

「現在念美術也念得沒什麼動力，我要不要乾脆就這樣往咖啡店的儲備店長邁進呢……」

眼前是兩個巷口，兩條路都能通往她的租屋處。

該選哪一個呢？

裘裘閉起眼，腦中卻只有可麗對她發怒的模樣……

「那不是真正的可麗在對我生氣，是她的病痛控制了她……」裘裘不斷做著深呼吸，聳肩，又再度調整呼吸。

最後，她憶起禎藍剛才的溫柔表情，便朝其中一個路口邁出了腳步。

☕

裘裘輾轉難眠，居然一夜都沒有睡，回過神時，自己已滑著手機到處查詢老狗健康檢查的資訊。

「萬一可麗得了什麼大病就糟了，一定要趕快安排檢查的時間！一定要！」

照了鏡子，裘裘發現自己的表情好恐怖。

那是一張亟欲控制每件事的臉，咬牙切齒，眼神緊迫盯人。

「真的是面目可憎……」不自覺地讓她想起以前病逝的奶奶。因為長年病痛而足不出戶，奶奶罹患了老年憂鬱症，原本個性圓融的她變得尖酸刻薄、挑剔又囉嗦，還曾經因為醫生沒有開她想要的藥，而當場在醫院痛罵醫生。

裘裘從小看著爸媽因為奶奶的病而變得畏畏縮縮，很心疼卻又不知所措。家裡總是充滿爭執。也因此，每當她徬徨時，便常一個人到戶外寫生，這才培養了日後喜歡上美術的個性。

「可是，不光是可麗的原因，現在我總覺得自己也有問題。我變得好難快樂起來，就算去學校畫畫也不開心，常覺得好茫然，想找自己可以控制的事情來控制……」

失眠的她，明明身心俱疲，情緒卻緊繃無比，一時間天旋地轉。

這時，手機遞進了一小道白光。

「裘裘，我今天沒有排妳的班喔，可以的話，就請好好休息吧。」

禎藍的溫柔簡訊，讓裘裘蹙起眉。

「可是，我想去上班啊。我很在意可麗，我一定要知道牠到底怎麼了！」裘裘綁起馬尾就匆匆出門，一路跑得氣喘吁吁，她到 SENOR 咖啡廳時，所有的人都用訝異的眼光望著她。

「可麗，可麗還好嗎？我今天都還沒去餵狗……」

「裘裘……不要擔心。」禎藍連忙披起外套，壓低聲音，「新來的工讀生總要練習怎麼照顧狗，如果妳有意願的話，妳可以進去指導他們……」

話還沒說完，裘裘一溜煙跑到後頭的小房間，語氣又快又急，「不可以這樣折可麗的腳，會痛的！還有那個新來的工讀生！點眼藥水之前，面紙要墊好，不要弄得糖糖一臉都是眼藥水！」

禎藍被裘裘換了個人似的模樣嚇到了。

然而，裘裘的照護經驗很專業，理應受到尊重，他連忙要裘裘放鬆語氣，改用寫的、用畫的，再將她安排去整理書櫃。

裘裘急躁的情緒終於慢慢和緩下來，否則誰會相信，她曾是個和顏悅色照顧狗狗的天使女孩呢？

「可麗的事，一定也影響到裘裘了。」灰鷹爺爺敦厚的嗓音從後頭輕輕揚起，「禎藍，其實我也覺得裘裘最近比較心煩氣躁，看來是長期照顧病重的老狗狗，反倒讓她的身心累積了壓力……她最近是不是也沒有去學校呀？」

「應該是沒有。不過，」禎藍理性地回答：「裘裘做事井井有條，她是個不需要我們太操心的女孩，雖然外表溫順，但很有主見，工作能力也很好，就算直接讓她接任儲備店長，也不會有太大的問題。」

「那這樣太好了，後繼有人！」灰鷹爺爺露出燦爛的笑。

即便灰鷹爺爺的牙齦，因為年紀的關係已經萎縮，後頭還裝著活動假牙，但禎藍看到的卻是一個慈藹無比又充滿耐心的長者——灰鷹爺爺用年邁卻不世故的笑容，守護著這間店。

part 10

歐瑞歐的轉變

「好啦，要來放我喜歡的唱片了！」灰鷹爺爺淘氣地扭動肩膀，踏著迪斯可舞步滑向點唱機，雖然駝著背、但他在一張張黑膠中翻找照片的模樣，神采奕奕。

音樂一下，灰鷹爺爺的肩頭也隨之輕擺，咖啡廳立刻添了幾許活力！

「嗚嗚？」一旁的歐瑞歐伸長厚厚又蓬鬆的脖子，在地上與矮桌旁的黑膠唱片鑽來鑽去，才放到熟悉的歌詞，渾身熱力的灰鷹爺爺就在空氣中對起嘴。

「來！歐瑞歐，我們來合唱！」他才伸出雙手，歐瑞歐就扭著柯基特有的澎澎蜜桃臀，飛也似地逃走！

「歐瑞歐，你真的很沒禮貌！」禎藍瞧見灰鷹爺爺與這隻老柯基之間祖孫般的情誼，實在忍俊不住。

他拿起手機拍下這難得的一幕，放到臉書，吸引了許多網友都來留言。

「沒注意到店裡有個老頭子在後頭放歌，老柯基倒是吸睛很多！」

「呃，」另一位網友回道：「那所謂的『老頭子』是店主，常常來放爵士樂給大家聽喔！」

「沒錯，」禎藍在底下回著留言：「歡迎來看看我們喔！」

他回到吧檯整理餐巾紙，而裘裘則一個人傻站在牆邊，眼神茫然。

不忍心看著裘裘因擔心可麗的病情而傷神，禎藍趕緊把她叫過來。

「裘裘，這裡有杯舒緩心情的洋甘菊茶，妳邊喝著休息一下，邊幫我想想今天的蛋糕菜單吧！」

「好的……」裘裘無精打采地走到吧檯裡坐下，暫時將注意力轉移到菜單的研究上。

檸檬瑪芬蛋糕、起司奶油派，各種材料與創意發揮都需要她的創意發揮，裘裘看著看著忽然有了靈感，將鮮豔欲滴的紅草莓配上綠油油的奇異果，一道繽紛的水果蛋糕就完成了。

不一會兒，乘著輪椅的愉快法國鬥牛犬麥可，歡歡喜喜地繞著咖啡廳跑了一大圈，總是呈現「揪咪」眨眼狀態的獨眼吉娃娃，也逗得客人們笑呵呵。

「哇，這兩隻真有精神！有這些狗狗與糖糖陪伴，感覺咖啡廳特別不一樣，熱鬧很多呢！」

被誇得勤了，兩隻狗狗更樂了，麥可從前方跑跳，糖糖在後方繞著走，兩隻狗狗平常關在小房間悶久了，一出來就趕快享受眾人目光。

「雖然有殘疾，但牠們的內心都是純真可愛的孩子！」一位大嬸微笑道。

「不過，我還是最喜歡柯基店長歐瑞歐。瞧牠的眼神，不管臭臉還是吐舌咧嘴笑，都實在都很有戲！」

裘裘送餐過去，對客人微笑。但卻沒有心思答話，她仍三不五時往後頭的照護小房間看去，掛心可麗的情形。

此時，歐瑞歐做了個反常的舉動。

牠緩緩從沙發下方起身，隨後竟……朝裘裘快步走來，用毛茸茸的脖子蹭了蹭裘裘的腿。

「歐瑞歐，你……」

這是歐瑞歐第一次向人撒嬌。

「你是想要鼓勵我嗎？」

「哇，真稀奇耶！歐瑞歐居然在討摸摸！」客人們驚呼。

「真的嗎？你不是一隻不給摸的狗嗎？」

看見歐瑞歐堅定又執著的眼神，一副「朕的心意你就笑納吧！」的神態，裘裘大感驚喜。

「汪！」歐瑞歐看裘裘還沒動作，索性一屁股端坐在地。終於，裘裘揉了揉歐瑞歐的脖子兩下。

歐瑞歐淺淺地笑著，雖然這個撒嬌只維持了短短五秒，牠就一溜煙跑回沙發下。

「哇，」一旁的常客笑道：「牠特別給妳恩寵耶！」

「雖然只是很短暫的恩寵。」袞袞說：「但原來牠還算是一隻貼心的狗狗……跟剛來的樣子差好多！」

「哦！」大嬸笑著：「我記得前幾週牠來之前還滿可怕的，吠得驚天動地，我們整排鄰居還以為怎麼了咧！」

「可能是現在有了個『家』，開始覺得自己是這裡的一份子吧？」袞袞朝歐瑞歐瞇眼笑道：「謝謝你剛剛的鼓勵，我會振作起來的。」

歐瑞歐搖了長長的尾巴兩下，表示「朕知道了」，低下頭瞇眼睡了。

當天，可麗的情況仍不太好，牠拉了肚子，又不斷嘔吐，工讀生們戴上口罩清理了半天，禎藍怕是細菌性的感染，連忙把糖糖和麥可隔到其他籠子裡。

「今天我們提早休息吧！得先照顧好可麗才行！」他帥氣地拉下鐵門。

「嗚嗚嗚……汪汪！」

可麗原本潔淨的白毛沾滿了自己的排泄物，又不肯給志工擦屁股，眾人重重壓在牠身上，牠卻憤怒得回頭想咬人，可麗體型又偏大，連禎藍也駕馭不住，好幾次往後跌坐在地。

「來，我來！」大鑒很聰明，給可麗戴上頭套、眼罩，牠才勉強安靜下來。

「上吐下瀉，對老狗來說已經是很嚴重的病，大家也都累了，我和禎藍現在就送牠去醫院！」

裘裘早已急哭了，也連忙收拾東西跟著去。

可麗被打了微量的麻醉劑，整隻狗變得暈陶陶的，而這一檢查，卻驗出了眾人最不想面對的結果。

「是胰臟癌。」醫生望著目瞪口呆的眾人，「而且是末期了。癌細胞也似乎有轉移到肝臟的現象。」

「唉，」禎藍說：「早知道老狗一定會有衰退的一天，但沒想到這麼嚴重……」

「如果願意化療，痊癒的機會還是有的。」醫生說：「讓牠在一個自己喜歡的地方，慢慢療養是最好的，接下來，尿布也得整天包著了，省得你們到處清洗，這樣真的沒完沒了。」

「對啊，這樣下去就變成長照中心，而不是咖啡廳了。」禎藍隨口說完，裘裘卻放聲大哭。

「難道……真的沒有其他的辦法了嗎？」她雙拳緊握，「我們至少給牠試試看化療吧？我願意自掏腰包出錢！」

看診台上，半夢半醒的可麗剛退了麻醉，昏沉沉看向裘裘。牠的眼底清澈無邪。或許是止痛針劑讓牠感覺舒服了點，可麗竟朝裘裘搖著尾巴，模樣就像以前那個懂事而體貼的大姊姊一般。

這教人怎能捨得放手呢？

「我們至少要給牠一點希望吧？」裘裘抓住醫師的手，「您剛剛說的化療，對狗狗來說應該很痛苦吧？痊癒的機率是多少呢？」

「裘裘，」禎藍輕輕拉著她，「我們冷靜點，一起想想辦法。」

「這樣吧……」醫師搔搔頭：「如果你們建議住院治療，就開始第一次的化療，但化療的副作用很多，掉毛、嘔吐、拉肚子等這種討厭的症狀也都有可能持續發生，你們真的覺得這樣可以忍受嗎？」

經過這陣子的折騰，禎藍覺得自己也是累了、倦了，但看到可麗躺在看診台上柔順的模樣，又見到裘裘一把鼻涕一把眼淚，他實在不知道該怎麼辦好。

「那醫生，我們就先做一次化療，若還到時候沒有用，那……就請醫生……」他忍住哽咽的聲音，「讓可麗一路好走吧。」

「好的，那療程會在明天開始，今晚就先讓可麗住院吧。」醫生說。

療程的細節說明，裘裘難過得失神，聽在她耳裡只是一團模糊的回音。

回程的路上，裘裘的眼淚仍掉個不停，愧疚、憤怒、自責、各種情緒排山倒海而來。

「都是我，如果我早點發現可麗的異狀，就不會拖到末期才送來了……」

「我倒覺得妳不需要太自責，天底下難預料的事太多了，我們已經盡量在顧了。」大鑒拍著裘裘的肩膀。

「可麗剛來我們店裡時，真的像是位有社會歷練的聰明公主，雍容大度又善良，其他狗狗只要一有狀況，就會來通知我。她總是把大家顧得好好的，沒想到……」禎藍溫聲道。

「沒關係，我們先把自己顧好吧。」大鑒說：「有時，狗狗比我們豁達，牠們是很不想造成人類麻煩，很活在當下的孩子，然而，病人或病狗被病魔控制，往往會做出很恐怖的行為，我們必須明白那些行為都不是針對我們而來，只是牠們無法自主的表現啊。」

「好的，我會試著不去想可麗發狂和咬我的那些畫面……」

「是啊，」大鑒對裘裘說：「盡可能做我們所能做的，然後就放手吧。」

雖說了要放手，裘裘仍悶悶不樂。無論白天還是黑夜，她都焦慮地上網查詢著狗狗癌末的照護事項，整天魂不守舍，讓旁人看了很心疼。

這天，灰鷹爺爺到店裡放歌時，選了些舒緩情緒的鄉村音樂，歐瑞歐也聞著喇叭與一張張老唱片，還到處跟上跟下，一有客人推門，便是中氣十足地挺胸一吠。

「汪！」表示歡迎，卻也有不少客人被歐瑞歐的激昂嗓音給嚇著。

「抱歉啊，這是我們的店狗，」其他工讀生總會跑出來解釋，但看到歐瑞歐奮力起身、跛著腿前進的模樣，對方的下一個問題通常會是……

「牠的腳怎麼啦？」

「老了啦。」工讀生笑道：「是隻不服老的柯基。」

「不服老很好唷，為何要服老？」灰鷹爺爺在黑膠唱片台後方播放著輕盈的音樂，「活到老，學到老，別看我這樣，我也是一年前才學會用黑膠放歌的喔！」

歐瑞歐頂著一臉白咖相間的花色，客人們紛紛稱讚牠，牠也扭著越吃越圓的身子，伴隨客人入座。

稍後，牠總在客人想摸牠時，一溜煙飆走。

「怪老頭！」有時，摸不到店狗的客人也會這麼抱怨，但歐瑞歐一臉沒差，照樣回窩睡牠的覺去。

想來想去，這裡唯一摸過牠的人，只有裘裘而已。

「牠對我很特別，個性真的變了呢。」觀察著歐瑞歐的一舉一動，牠偶爾舔舔柯基特有的大大腳掌，有時又動動精靈般的大耳朵，甚至會主動凝望著裘裘。

歐瑞歐的澄澈大眼睛，讓裘裘漸漸安下心來。

那是一雙飽經風霜、但仍對未來有所盼望的雙眸。

「歐瑞歐……原來你很擔心我嗎？」

灰鷹爺爺徐徐從她身後走來，「裘裘，不只是歐瑞歐，我們也很關心妳的。」

「真抱歉……但我現在情緒緊繃到快沒辦法一個人待著。」

「那我來陪妳呀。妳坐來沙發這邊，我們說說話。」

「可是我現在是上班時間，這樣好嗎？」

「怎麼會不好？」難得爺爺擺出氣勢，「我是店主也是股東，我說可以來坐，妳當然可以來坐。照顧好員工也是我的責任啊！」

裘裘感動地點頭，歐瑞歐也伸長脖子湊上沙發。

「裘裘，妳的擔心我非常理解。還記得我大兒子患了憂鬱症想自殺的時候，他變得非常黏人，但只要我們不在，他就像斷了線的玩偶般癱坐在地，雙眼無神。無論請他去做什麼，出去玩、打電動，他都完全沒有興趣。」

「怎麼聽起來跟我現在很像。」裘裘苦笑道。

「是啊，當時我們家養的狗被病魔折磨了好久，我家兒子因此和我老婆有了嫌隙，兩人常為了狗是否要繼續就醫而大吵。後來狗死了之後，我老婆又不斷說些話刺激我兒子……他就得了憂鬱症。唉，面對生離死別，我認為能少說幾句是最好的，毛小孩畢竟是家人，當牠們老了、病了，要不擔心很難；要醫療到什麼程度，更難。」

看到大鑒、禎藍都這麼淡定地面對可麗的病情，裘裘很羨慕他們的從容。但望著爺爺溫柔的眼睛，裘裘終於有了被理解的感覺。

「爺爺，其實我這幾天一直很煩憂可麗的狀況，忍不住緊抓手機想打電話去醫院問化療的狀況，怕可麗得不到好的照顧，但又不敢去探望牠，怕自己看到牠虛弱的模樣會更難過。」

「別這樣想。其實，能接受治療的動物都是很幸福的喔！」爺爺溫聲說：

「比起在外流浪，自生自滅，甚至被虐待毒殺的動物，咱們的可麗生了病能治療，那正是因為我們的在乎，牠的前半生遭遇了什麼我們不曉得，但這些年，可麗著實為咖啡廳帶來了溫暖和意義。」

「嗯。」裘裘點頭，「我還記得，可麗是這間咖啡廳的第一隻狗。」

「是呀，因為遇見了牠，我才想開這個咖啡廳，讓人們知道『老』並不可怕，我們終其一生勢必會經歷這個階段，與其逃避，何不勇敢面對『老』的美好？」

裘裘握住爺爺的手，將肩膀靠在他身上，爺爺身上的大衣帶著淡淡檸檬草氣息，讓她沉靜了下來。

歐瑞歐也眨著琥珀色的大眼睛，在裘裘腳邊望著牠。

「你看，」爺爺又說：「從醫學上而言，歐瑞歐的腿部X光片慘不忍睹，還有骨刺，但妳看，現在的牠看起來痛苦嗎？」

沙發下的歐瑞歐僅是歪著頭傻笑，裘裘也笑了。

「只要生活的樂大過於苦，歐瑞歐就已經在這裡找到歸屬。」

才說到一半，門旁的風鈴一響，歐瑞歐又跳出去「接客」。

看見眼前是一對長相親切的學生情侶，這次歐瑞歐的迎接多了些熱情，尾巴輕緩地搖了幾下。

不料，對方卻說出了讓人瞠目結舌的話……

柯基咖啡屋

part

11

咬人之謎

「等等，」女孩嚇得倒退了兩步，「這就是那隻會咬人的柯基嗎？」

「什麼意思？」裘裘連忙把歐瑞歐拉了回來，不甘心的歐瑞歐立刻吠了好大一聲。

「咬人？」禎藍連忙從櫃台踏出，試圖保持冷靜地問：「請問，這件事您是聽誰說的？」

「在您們店裡的臉書評價區看到的，說店狗會咬人。」

「啊？」裘裘繃起眉頭，真不曉得是誰這樣亂寫？

「哦，牠只是不給外人摸，不會咬人啦。」禎藍連忙堆出笑臉。

「我女友是很喜歡柯基的，所以我才帶她來。」另一名男客人也苦笑著解說道：「既然牠不會主動咬人，那就好，哈哈。」

裘裘臭起臉，一手環抱著歐瑞歐的脖子，「如果你們有顧慮的話，我會把狗栓到後頭沙發去。」

「沒關係沒關係，我們只是想和柯基合照，拍照打卡一下。」

無奈歐瑞歐似乎察覺這對情侶的態度反覆無常，隨著擦喀嚓喀的快門響起，牠始終躲著鏡頭，側臉以對，最後乾脆躲回大後方。

開店不能挑客人，只能多溝通，這對情侶眼看拍不到照片，摸不到狗狗，悶著臉坐下，準備點菜。

「我們今天的特調是榛果咖啡與紅莓雪花星星派。」大鑒連忙送上菜單，「雖然店狗很棒，但咖啡廳的餐點才是這間店的靈魂，您說是不是呢？」

「嗯嗯……」女孩一手托著下巴，顯得意興闌珊，「沒有店狗可以玩，感覺就是很失望。」

「我們是來吃東西的，妳就先看看菜單吧。」男孩將大鑒的菜單接過，勉強擠出一絲笑容。

「我們還有其他店狗喔，是坐著輪椅的麥可、還有吉娃娃糖糖，牠們都很熱情，要不要我把牠們帶出來呢？」大鑒又問。

客人答應了。

但當麥可喜洋洋地在輪椅上用前腿奔馳過來時，客人們卻露出嫌棄的嘴臉。

敏感的糖糖也感受到這批客人不是這麼歡迎牠，低著頭躲回歐瑞歐身邊。

好不容易撐到客人走了，袁袁的怒氣終於爆發。

「什麼嘛！真是白目的客人！對我們的狗和餐點都這麼不尊重！」

「不用跟他們一般見識。」大鑒一面瀏覽著臉書專頁上的星星評價，一面淡定道：「他們大概以為這是那種可以美美打卡拍照，跟名種犬摟在一起的店吧？」

「不過……」這回換大鑒蹙起了眉頭，「我們的『一星』評價好多，這樣會把『五星』評價拉下來的。」

「真的耶，評價上說『好像在牆角看到狗毛』，這可能沒辦法阻止，因為我們沒辦法控制狗能不能掉毛，柯基又是雙層毛，幾乎一年有六個月都在飄毛啊……還有這則說：『店狗不給摸也不給拍照，很無聊』，這也不是我們能控制的事啊！」袠袠氣得一吼：「這些人還是比較適合去那種擺著假狗娃娃的店！幹嘛要來找我們麻煩？」

大鑒冷笑，「就算是狗娃娃，也會長塵蟎的喔！所以我說，別跟這些奧客認真了。」

「開間有動物又有飲食的店，本來就不容易。現在又是奧客網路到處竄的年代，還是別太在意比較好。」禎藍雖然嘴上這麼說，眼神也顯得失望而無奈。

「還是看看這個吧！」大鑒搭住禎藍的肩，「也是有不少五星評價的！你看，這裡寫說：『店長精益求精，菜單多變，且品質穩定，製作出的餐點很好吃！』還有這則說『咖啡非常好喝，放的音樂好聽，店長也很帥又專業，店狗們都很有個性，是間有故事的好店！』」

「看到這幾則評論，這才覺得我碎了一地的玻璃心被拼回來了！」裘裘嘆道。

「但光這樣還不夠啊……現在已經不是被動等客人上門的年代啦。」禎藍搔著頭，「我們得想辦法讓這間店的宗旨更被大家知道！」

「汪！」歐瑞歐宏亮一叫，顯然牠也覺得這是個好主意。

在可麗化療的期間，裘裘實在沒勇氣親自去探望，只能派最陽光又率真的大鑒出馬。而他每次回來的語氣都十分冷靜，平淡卻又不失詳細。

「可麗有掉了一些毛，也有嘔吐，但醫生說治療效果看起來算是不錯。」

「『看起來』算不錯？應該不是在安慰我們吧？」裘裘總緊繃地追著大鑒問：「那有沒有驗其他指數？有沒有再照超音波？你一定要記得多問幾句啦！不然住院的貓貓狗狗那麼多，難保醫生不會多去照料我們可麗！」

「裘裘……」禎藍有些被她緊迫盯人的態度給嚇到，但大鑒一臉平靜無波，繼續洗著杯盤，回著裘裘的問題，「我觀察到的狀態還不錯喔。可麗每次看到我都會朝我搖尾巴，也不太像以往那樣暴怒，牠的眼神也清亮很多。」

「真的是這樣嗎？」裘裘又問：「我們要不要打個電話去問清楚比較好？」

「醫生有說，我想再過一週，我們就可以接回家自行照顧了。」

「那醫生有沒有跟你說痊癒機率是多少？你有沒有主動問？」

「這個我是沒有問，」大鑒回：「因為醫生說醫學上的機率很難保證。」

裘裘問不到滿意的答案，臉色越來越偏執，顯得氣鼓鼓的，「醫生真是不負責任，長年來我們這些狗狗都在他那裡看病，動物沒健保，每次醫藥費都是破千、破萬地在收，不料他處理可麗的病例，卻這麼模稜兩可！」

禎藍聽見裘裘幾乎歇斯底里的高音，連忙將她拉開，「裘裘，我知道妳現在很生氣，也很擔心，但是擔心並不能解決問題呀！我們能為可麗做的都做了……現在只能靜待結果了。」

「你們說得倒簡單，之前可麗幾乎都是我在顧的耶！要我不擔心怎麼可能！我就是因為沒辦法承受自己見到牠被關在籠子裡被病魔吞噬，才會想找你們問啊！還是，我們乾脆換個醫生比較好？」

禎藍知道此刻的裘裘已被恐懼所吞噬，只能咬緊牙關，努力不回嘴。

大鑒洗著水槽中的馬克杯，臉色相當無奈。

「裘裘……」禎藍嘆了口長長的氣，「現在是工作時間，就算現在店裡沒客人，妳的音量已經有點干擾到其他同事了喔。」

裘裘這才發現自己的失態，她仍很不服氣，呼吸也變得越來越急促。

「剛剛大鑒有說，可麗再過幾天就能回來了。在此之前就請妳放寬心吧。妳的這些情緒都很正常，我們都會陪著妳的。不過……」禎藍說：「我想請妳幫我採買和核對下週進貨的甜點名單，好嗎？」

「好。」裘裘從禎藍手中接過單子，暫時離開了。

禎藍很討厭爭吵與喋喋不休的局面，這才稍微鬆了口氣，看到大鑒始終淡定沉穩的表現，深覺這傢伙實在太可靠了。

「大鑒，我真佩服你。怎麼剛剛在裘裘那種瘋狂攻勢下，還能這麼冷靜啊？」

「我從小就看我爸媽照三餐吵架，」大鑒望著禎藍，聳了聳肩，「每個人在不同時期本來就會表現出不同的樣子，最大的恐懼如果成真，旁人再怎麼安慰也沒用啊，那還不如盡量安靜地陪伴。有時『說教』不是最好的安慰，陪伴才是。」

「看你也不過高中剛畢業，真的很早熟呢。」

「還有，我覺得現在的人們都很執著於『努力活著』這件事，我的姊姊是塔羅牌靈療師，她說任何生命死去後都會以別的形式存在，病痛全無，徹底自由。幾年前家裡的老貓走了之後，長期照顧牠的我，也反而鬆了口氣。你知道是為什麼嗎？」

禎藍搖頭。

「那是因為我也曾經過著裘裘那樣的生活，擔心醫療費用，擔心寵物的健康，擔心所有的一切，老貓半夜只要一咳嗽，我就趕忙跳起來幫忙牠揉背，餵藥時還要忍受牠抓我，對我高聲嘶吼，最後……我甚至覺得，我的貓已經不是我的貓了。那樣的日子讓我得了憂鬱症，『拜託誰來把這個麻煩帶走吧！』我甚至曾經這樣想，還對著陪我長大的貓咪說：『你怎麼還不死？拜託你別再折磨我了！』」

「大鑒……」

「不過，我覺得我是幸福的，因為牠還真的兩個月內就走了，沒有折磨我更久。牠死後的那天，我覺得天空都看起來特別藍，用很感恩的心情，帶牠去火化了。」

「原來你也是經歷過這一段，才對裘裘特別有耐心啊。」

「照顧人是一件很辛苦的工作，一定需要耐心的。」

此時，歐瑞歐忽然一個蹦跳，跑到廚房的矮小側門旁搔著門。

大鑒溫柔地將歐瑞歐抱起，而歐瑞歐居然也奇蹟似地沒有反抗，懶洋洋攤在大鑒的寬闊胸懷中，滿足地垂著鬆垮垮的嘴邊肉。

「雖然我不是百分百相信靈界的說法啦，但我認為盡力就足夠，有時候過度醫療，就像是個無底洞，不用說是人了，就算動物也未必好受啊。更何況經濟的考量是很現實的……」說到這裡，雖然只有短短的一瞬間，但大鑒眼眶微微泛紅，「無論我們怎麼做，只要能一起像現在生活，一起工作，就很幸福了。」

禎藍也湊過來，將頭也埋進柯基厚軟的毛裡，「歐瑞歐，我們一起更珍惜當下吧，雖然你腳很痛，脊椎和心臟也都不好，但我們能這樣一起渡過每一天，也足夠開心了！」

「哼哼……」歐瑞歐從喉嚨深處發出吐嘈的不耐煩嗓音，似乎在抗議禎藍太重了。

這一刻，有對女高中生走進來，恰巧撞見禎藍與大鑒摟狗摟成一團的畫面，似乎往微妙的方向想了過去，紛紛呵呵地笑了起來。

「汪！」歐瑞歐照例朝客人吠了一聲，那是洋溢感恩與熱情的招呼，就像在說「我看到妳們了，歡迎光臨！」

窗明几淨，蜜金色的陽光篩進 SENOR 咖啡廳的落地窗內，黑白灰的簡約色系建築，今天也迎接著三三兩兩的散客。

禎藍驚喜地發現，不只原本的婆婆媽媽與街坊鄰居老主顧，現在年輕人也變得願意常來，高中生變多了，更不乏許多大學生。

「這都要歸功大鑒和裘裘在社群媒體上的經營！把這間咖啡廳打造成摩登、愛心與溫馨兼具的空間！他們不只在粉絲專頁宣傳，還用專業的攝影器材拍攝很有質感的影片放到ＩＧ社群上，哇，看起來就像是韓國明星會取景的偶像劇現場嘛！」禎藍正滿意地審視著網頁，準備開始一天的營業。

歐瑞歐雖然對於人類媒體運作的方式啥也不知，但牠光是待在店裡就很開心的模樣，今天仍舊不服老地跳上跳下，尾隨在禎藍後頭。

禎藍搬運咖啡豆，牠要跟；禎藍擦窗戶，牠很堅持要「監工」，就連禎藍把麥可與糖糖放到店裡來跑跑，歐瑞歐也親熱地用鼻子拱著牠們，三隻玩得在一塊。

原本因為雨天而禿了一塊的毛皮，在禎藍的條理下變得明亮健康，雖然走得顛簸，但並沒有影響歐瑞歐的整體精神。

每當望見這頭柯基店長奮力的模樣，禎藍總會想到，要是自己到了七、八十歲的歲數，會不會也是個帶傷上陣、與病共存的樂天老爺爺呢？

「歐瑞歐，我真是敬佩你，你就跟我們的店主灰鷹爺爺一樣，不服老，還越活越精采。」

「哈哈，那也要你們願意給我舞台啊！」彎腰在唱片台後方整理的爺爺，緩緩探出來頭來。

「舞台？」禎藍問：「什麼意思呢？」

「你有聽過莎士比亞的一句話嘛？『這世界就是個舞台，你我各自有進場與退場的時間。』」

禎藍淺淺地蹙起眉，「聽起來有點……難過。」

「可別這麼說。至少我和這些狗狗還死不退場呢。」爺爺露出純粹又幽默的笑容，禎藍也跟著莞爾。

「當我退休之後，雖已經達到法律上六十五歲的『老人』年齡，各種醫療檢查都紛紛提醒我老了，親友過世的消息一一傳來，好像催促著我是不是也該跟著走了。」爺爺的表情變得很寂寞，禎藍坐到他身旁，握住他的手。

「但後來我又想著，難道老了真的沒有用了嗎？我和我太太的關係一直都不太好，日後也因為不斷的爭執而分開住了。她離世之後，我整理遺物時不小心翻到了她的日記，才發現獨居的她得了『老年憂鬱症』。一打開最上層的抽屜，一大堆抗憂鬱與抗焦慮的藥物就排山倒海地朝我砸了下來。」

「天啊……」

「我難過了好久。」爺爺嘆道：「我老婆其實是個朋友很多的人，但我後來才發現，憂鬱症這種疾病，會讓人把身邊的人推開，也就是說，她的晚年多半是在焦慮和不安中渡過的，這更讓我覺得，要好好慎選生活方式才行。」爺爺一面說著，一面擦掉眼淚，「所以我才說，人人都需要一個舞台。就像現在的你，一面努力當著店長、努力照料這個店，也讓我這個老年人有個能去的地方。」

「該謝謝爺爺的人是我才對！你給了我一個圓夢的地方。可不是有人能像我一樣幸運，從洗碗小弟變成店長。我想我是世界上最幸運的人了。」

禎藍摟住爺爺的肩膀，感受著他針織毛衣後領上淡淡的洗髮精氣味。

他憶起達賴喇嘛在紐約時報刊載過的一句話。

「焦慮不安的背後，是對『不被需要』而感到恐懼。」

禎藍眺向角落裡窩成一圈的麥可、糖糖與歐瑞歐。眼前滿屋子歷經風霜卻仍充滿慈愛的狗。不管是人是狗，都需要一個能去的地方。

他需要舞台，狗狗們也需要舞台。

沒有人是不被需要的。就連罹癌重病的可麗也是一樣。牠也很想被需要。牠也想活下來。

「看看是誰回來啦？我們的大姐頭！」稍晚，當大鑒與其他工讀生抱著瘦骨如柴，眼神衰弱的可麗時，禎藍非常開心。

「牠好瘦喔，而且全身都是針孔。」

「昨晚打了皮下幫牠補充了營養，可能會偶爾吐或拉肚子，不過這兩週很關鍵，如果調理得好，化療應該就稱得上是成功了。」

禎藍打電話請裘裘過來。然而，裘裘雖人是到了，一見到瘦巴巴的可麗卻不斷哭泣，還從起初的啜泣，轉為嚎啕大哭。

「別這麼難過。」禎藍按住裘裘的肩，「我相信可麗一定也不希望我們把牠當成一個拖累人的可憐蟲啊，就讓牠好好休息吧。」

「反正咖啡廳半夜也沒營業，不如我們讓可麗躺在後面的床鋪，給牠點幾盞聖誕小燈，讓牠明確知道自己回家了。」裘裘說完，大家都同意這是個好主意。

牠們在可麗消瘦的身體下鋪了三層軟墊與防水尿布墊，麥可與糖糖都關心地過來嗅嗅可麗，牠也輕輕舔了舔牠們的耳朵回應。

唯獨歐瑞歐很擔心似的，用牠的小短腿跟隨眾人繞來繞去。偶爾，牠會歪著頭，一抖大大的粉色耳朵，像在思考自己到底還能做什麼。

無論望著是人們搬水、準備流質食物，歐瑞歐都一臉很想幫忙的樣子。

「哎呀，歐瑞歐，別跟上跟下的！你這樣大家很容易絆倒，去去去。」禎藍忍不住碎唸，卻慘遭到這隻好事的柯基反嗆。

「汪嗚！汪汪汪！」

「不要吵啦，會打擾到可麗，你回你的睡窩去！」

像個洩了氣又不成狗形的人偶般，可麗躺在由方形軟墊與尿布墊所摺成的病榻上。這幾週，歷經一整個化療療程，牠實在累癱了。相反地，歐瑞歐卻不斷在咖啡廳奔來奔去，一會兒又去嗅聞可麗的睡窩。

「這樣真的沒問題嗎？」一再確認過後，早已是晚上十一點，眾人熄了燈離去。

禎藍鎖門時，特別留意了一下整個咖啡廳的配置，發現歐瑞歐總算回到牠自己的睡窩去了。

「為了避免歐瑞歐打擾到可麗，還是把牠拴在睡窩旁吧！」

「喔喔嗚？嗚嗚汪！」歐瑞歐見到禎藍拿出牽繩，興奮得以為要出去玩，又是一圈圈爆走，四隻小短腿還興奮地打滑，讓禎藍非常無言。

「剛剛不是才出去散步過了嗎？現在是睡覺時間囉，怎麼還這麼有精神？你真的已經是十多歲的老狗了嗎？是不是其實我被醫院騙啦？哈哈」

聽到這番話，歐瑞歐秒變臉，挺出毛茸茸的胸膛反抗，一雙小短手還狂撥禎藍，最後還是出動裘裘幫忙，才順利把歐瑞歐栓回睡窩旁。

已經好幾天都愁眉苦臉的裘裘，見到歐瑞歐這番行徑，忍不住笑了。

「好溫馨的畫面，我要拍起來。」離開前，裘裘為兩隻分別乖乖在各自窩裡安歇的狗兒拍了張照，歐瑞歐見到相機立刻把臉轉開。

「很大牌耶你。」

至於可麗，年輕時就習慣了鏡頭，又終於能回家養病，咧嘴對裘裘露出了溫暖的笑。

「太棒了嗚嗚！」裘裘摀住胸口對禎藍說：「沒有什麼比看到毛小孩舒服休息的樣子更療癒了。」

「是啊，還沒到的事不要想太多，可麗能回家，想必真的很高興。」

「對啊，終於不用在醫院冰冷的鐵籠子，被陌生的人們搬來搬去了。」

兩人相偕離開。

看著裘裘稍微恢復元氣的背影，禎藍也鬆了口氣。但一方面，他也煩惱著，「目前看起來是一切都好。但萬一這次化療沒成功、可麗真的撒手人寰……那……」

由於充滿歷練，喜怒哀樂的人生階段都走了一遍，老狗狗的生命力往往相當驚人，但這也意味著，與牠們相遇的那刻起，彼此能共處的時間就已經在倒數計時了。

這時，飼主往往會陷入一種焦躁，到底該永無止盡地醫療下去保住一條命好，還是放手讓狗狗安樂死呢？

「以往我都認為，讓狗狗安樂死是很殘忍的行為。但在歐美愛狗人士的概念裡可不是這樣，他們認為『放手』也是一種愛，讓重病的狗狗離開不受病魔的折騰，一方面也能讓長期身心俱疲的飼主而鬆了口氣，那也算是一件美事。」

回家後，禎藍換上深墨色的睡衣，爬上格子紋的被窩中培養睡意，但腦袋裡也好多思緒鑽來鑽去，怎麼樣都無法入眠。

禎藍不是個喜歡冒險、凡事不顧後果的小夥子，相反地，他總是想知道最壞的打算是什麼，未知的事物總是讓人惶惶不安。

「就是因為不知道才會害怕，所以該查清楚的才要早點動手。」

一個翻身，禎藍拿起手機。

「哦！原來收容所的『安樂死』，和獸醫院的安樂死手續是不同的！獸醫院會先替準備上天堂的毛小孩打麻醉，使毛小孩慢慢有『入睡』的感覺，最後才注入安樂死針劑，跟收容所的作法比起來，獸醫院這種方式比較緩慢、也能減輕毛孩子的不安和恐懼。」

把一條生命送走的代價，安樂死方面大約都是兩千五百元，至於火化就選擇附近的業者，一般最便宜的方案也是四、五千元不等。

這些資訊，禎藍幾乎是邊流著眼淚邊查。

「現在查到這些資料，雖然這陣子或許用不到，但可麗也已經十三歲了，算是狗狗中的人瑞，遲早都會走。牠離開的那一天，遲早會來的啊……」

心煩意亂、淚眼模糊，一不小心，他居然把網頁的分享連結送了出去！

「天啊！我剛剛傳給誰了？」

「分享按鈕」會將最常見的聯絡人列在前頭，禎藍也不知道自己點給了誰，但看到圖像中那位摟著可麗，一襲白洋裝的女孩時，禎藍發出慘叫！

「啊啊啊啊啊——！」他從床上猛跳起，再三確認自己方才傳訊的對象之後，禎藍彎腰倒在床鋪上。

「唉唉唉，我傳給我爸媽都沒關係，居然把安樂死的訊息傳給了裘裘！」

禎藍陷入大恐慌之中！

「完蛋了，裘裘本來就已經為可麗的事憂愁好幾個月了，我居然傳安樂死的訊息給她，這豈止是精神上的打擊，根本是火上加油啊！」

一旦傳出的訊息覆水難收，禎藍沮喪地狂按手機。

「禎藍，你也還沒睡？」裘裘回訊了。

「嗯……對。」被抓包人就在線上，禎藍只好乖乖承認，至於他沒睡是在忙什麼，裘裘一看訊息內容標題寫著大大的「送寵物最後一程：論安樂死實施的時機」，肯定也早就明白了。

「原來……」裘裘的文字透霧著震驚，「你想把可麗安樂死？」

畢竟已經是凌晨兩點，不好意思就這麼打電話過去，禎藍連忙錄了語音訊息傳過去，「不是的，我不是針對妳或可麗傳這條訊息啦，只是……」

「沒關係，其實……這幾篇資料，我上個月就全都看過了。」裘裘也錄了留言回傳，「我只是想，到底什麼樣才對寵物是好的？既然決定了，就要毫不後悔地去做。說真的，這次化療成功我比誰都高興，但萬一癌症又復發，我也不忍心看可麗再受到一輪又一輪的折磨。我寧願……牠是安心平靜地死在我懷裡。而至少醫療安樂死，其實……是可以考慮的。」

「是啊，目前在我們國家，人類沒有安樂死，我好多照顧高齡長輩的朋友，身心都快撐不住了。反之，寵物能有安樂死，那也算是一種福份啊。」

「禎藍，我也同意你的話。」

聽到裘裘能平緩地說出這些，禎藍鬆了口氣，但心底仍覺得好酸。

柯基咖啡屋

part

12

放手也是一種選擇

兩人討論了許久，又看到網路上周春婷獸醫師的言論，她認為可以用以下三點來作為決定是否安樂死的標準。

「當寵物已經完全不吃不喝，喪失求生意願時；當寵物已經無法自行移動，甚至連翻身都有困難時；當寵物已經無法和飼主互動，甚至持續意識不清時。」

上述網頁上的冰冷文字，想到哪位毛小孩的身上發生，都讓人心痛無比。然而，這是牠們必定會經過的終點。身為飼主，要有陪牠們走完的勇氣。

「倘若有一天，可麗已經變成了上面其中一種狀況，那我們就帶牠去醫院，送牠最後一程吧。」

語畢，禎藍已經淚眼婆娑，裘裘的反應則出乎意料地沉穩。

「禎藍，抱歉，我之前一直小題大作，動不動就煩你。」

「不會啊。每個人對每件事的反應本來就會不一樣。咖啡廳不就是各型各色的人相遇的地方嗎？」

「不過，」裘裘以恬靜清澈的聲音回答道：「在面臨這種事情的時候，能有互相討論的對象，真的是太好了！」

「我也覺得有妳很好，裘裘。不過，也不要忘記了剛剛查到的那些狀況，現在都還沒有發生……妳願不願意，再和我一起努力看看呢？」

「當然願意啊。就是因為能一起走過這些關卡，我才有勇氣天天去店裡見到這些可愛的老狗狗喔。」

「好的，不管未來怎麼樣，我們就見招拆招吧！」

兩人已經做好最壞打算，各自抱持著悶悶的情緒入睡。

然而隔天一開門時，居然發生了想像不到的驚人畫面——

☕

拉開時髦的蒂芬妮綠色鐵捲門之後，禎藍打開店門，首先映入眼底的是歐瑞歐空蕩蕩的床鋪。

「咦？歐瑞歐呢！」

裘裘緊張地一個箭步衝上去，只看到可麗病榻上無精打采的背影。

「奇怪，歐瑞歐昨晚明明上了狗繩，怎麼……」禎藍看著地上被掙脫的項圈與繩索，「牠是魔術脫逃大師嗎！這堪比忍者的身手是怎麼回事……」

禎藍撿起繩索，發現歐瑞歐是先咬斷繩索，隨後才脫出項圈，「歐瑞歐，你到底跑去哪啦？」

禎藍先跑到吧檯區查看，每張桌椅都檢查了，不過沒有歐瑞歐的身影。

這時，眾人目光掃到可麗的病榻上，才發現可麗那白如雪地山巒的背影後方，有雙圓圓的小精靈長耳朵動了動。

「哼哼。」抬起鼻子，歐瑞歐發出慣有的輕哼聲。

「你自己的床不睡，來睡人家的床幹麼啦？」禎藍罵道：「可麗是病人耶！」

「哼。」歐瑞歐像塊蓬鬆的巧克力色蛋糕般趴在可麗側邊，一臉不屑。

可麗倒是十分沉靜地享受著歐瑞歐的陪伴，沒有像剛出院時痛得弓起身子，反而放鬆地趴在床鋪上，精神看起來也好很多。

這時，歐瑞歐起身，搖了搖蜜桃翹臀與短短的柯基小「基」腿。

「哼。」牠用腳蹭了蹭可麗的床墊。

原來那裏尿濕了一片。

「知道了，原來是發現可麗漏尿，希望我們換床墊是吧？知道了！」裘裘爽朗地笑道，摸了摸歐瑞歐圓滾滾的大頭。歐瑞歐十分得意瞇起眼，耳朵往後服貼。

「裘裘，妳把牠說得太聰明了。我怎麼覺得，這傢伙只是剛好湊巧出現在這裡的？」

「不，牠一定是想要來陪伴可麗。」裘裘甜甜地望向歐瑞歐。

「真的嗎？」禎藍仍滿腹懷疑，正要質問這隻柯基，牠卻一溜煙跑開了。雖然跑得歪歪斜斜，但看得出後腳的退化性關節炎好了許多。

「說到底，沒有人願意從自己原本乾淨溫暖的睡床，跑來病人滿是異味的床鋪來吧？」禎藍看了看歐瑞歐，又望著正在平穩呼吸，閉目養神的可麗，心想，或許歐瑞歐真的是想來幫忙也不一定。

他憶起歐瑞歐剛來前的一段對話。

「店長……我們會被投訴吧？」裘裘當時常這麼問：「這柯基真的要收嗎？我們店裡已經收了三隻老狗……這柯基這麼吵，肯定會讓體弱多病的牠們不得安寧啊！」

「唉，柯基是牧羊犬，愛吠很正常，得多給牠一點時間。」

看來歐瑞歐確實是隻像咖啡般需要烘培、研磨才能調出好滋味的狗狗。當時困擾不已的吠叫和咬人問題，都因為適應環境而有大大改進。

「時間的功效真的好神奇啊，所以說要『活在當下』是真的呢。」轉眼間，天氣也暖活了起來，鄰近的公園開始有春櫻花苞紛紛探頭，裘裘也早已換上粉嫩的薄荷色春裝，腰間則繫著制服圍裙。

比起先前談到可麗就愁眉苦臉的模樣，此刻的裘裘正清潔著可麗的毛髮、換床墊，表情一派平穩，彷彿也把幾週前被可麗攻擊的恐懼給忘記了。

「看樣子治療真的有效，可麗沒那麼痛了，又恢復到那個有教養又貼心的淑女啦！」裘裘一面替可麗擦拭屁股，一面溫柔地輕聲細語，可麗也放鬆著身體，不像以前那樣露牙低吼。

如果說，買杯咖啡、偷空睡場午覺就是現代人們的小確幸，那看到晚年狗狗能夠不發怒、排泄吃喝都正常，那可就是飼主們每日的大確幸了。

不過，這裡可不是老狗狗照護站，禎藍和其他陸續抵達的工讀生們得在半小時內將桌椅擦拭整潔、擺放有序，同時將廚房各式甜點與飲料的半成品準備好才行！

可麗被放回了後頭的小房間，裘裘則偷空帶輪椅上的法國鬥牛犬麥可和吉娃娃糖糖去遛狗。

吉娃娃糖糖自從一隻眼睛瞎了之後，常常身子不經意朝左邊歪著走，在裘裘輕輕用牽繩帶領之下，牠才能順利散步。

糖糖個頭嬌小，乳白小身體上有著淺摩卡色的花紋，就像塊甜滋滋的牛軋糖。個子小的狗狗往往較神經質，但糖糖則相反，眼力不好的她，聽力卻非常敏銳，走路總是抬頭挺胸，此刻還被麥可與歐瑞歐保護在隊伍的中央，一副胸有成竹的模樣。

預期的散步路程結束之前，獨自牽著三隻狗兒的袠袠，瞥到一位眼熟的大嬸。

大嬸一和袠袠對上眼，就臉色發沉。

「是怎麼了嗎？」想了想，袠袠仍舉起手，陽光燦爛地與對方打招呼。大嬸這才一個嘆氣，慢步踱過來。

「這就是那隻咬人的柯基嗎？」

「什麼？」袠袠霎時間頓了頓，歐瑞歐卻感受到對方的敵意，張口就朝對方吠了起來，眼神露出狠勁。

「我是說，網路上都說你們店裡養了隻咬人的柯基。」

「哦。那是之前啦，現在不會了。」袠袠辯解。

「真可怕，好兇的狗！」大嬸指著歐瑞歐的鼻子說，連好脾氣的麥可與糖糖都感受到這股負能量，跟著歐瑞歐一起「怒了」。

「汪汪嗚汪汪汪！」三隻狗想保護袠袠，紛紛聚起來，袠袠連忙把牠們帶開。

「真奇怪，連來咖啡廳的常客都這麼說嗎？到底咬人傳聞是何時傳開的？我真不相信那幾個留言，力量有這麼大？」

裘裘一拉繩子，「來，不怕。我們愛狗人士也不是被嚇大的。每次認真撿狗便，稍後路過的人就硬要我們『順便』把附近所有狗便都清一清，租房子搬家也老是碰壁，連開個咖啡廳服務眾人，都要在路上被圍住，怎麼養寵物之後變得像次等公民一樣？」

裘裘碎碎唸的同時，狗狗們已停止吠叫。

「對，你們三個很有教養，既然剛剛那位討厭的大嬸不見了，我們也不必把她放在心上了，是不是？」

歐瑞歐穩重地擺著尾，麥可則一副小跟班的模樣在牠的輪椅上傻笑，糖糖則對裘裘露出一抹吉娃娃特有的甜笑。

然而，「咬人」一事似乎沒想像中就能簡單落幕。裘裘帶著狗狗們回SENOR咖啡廳的路上，遠遠地，就看見禎藍略微焦躁地在店門口滑著手機。

連一向性格沉穩的大鑒，也和其他工讀生聚集在禎藍身邊，議論紛紛。

原來，是不理性的留言仍持續糾纏。

「這間店的柯基會咬人！」、「整間店都是狗毛，大家千萬別去了！」

「店長，我看這事情不能拖了，必須趕快處理才行。」

「對啊，我們的五星評價，已經在短短一週內變成一星了耶！」

「嗯……」禎藍悶悶地刷著手機頁面，「因為忽然多出很多負評，原本還有四星的等級，就把我們的星等拉低了。」

裘裘跑了過來，「我剛剛也遇到以前的熟客，忽然從巷子跑出來罵歐瑞歐……」

「嗚嗚？」牽繩下方的歐瑞歐歪著頭，模樣呆萌無比，但眾人可是完全笑不出來。

「裘裘，等等我們緊急召開店務會議，你趕快去把狗狗們安頓好吧！」

話是這麼說，上了年紀的麥可、糖糖都乖乖回安養房間去歇著，只有歐瑞歐不想被「安頓」，仍拐著腳，一路以可愛又笨拙的舞姿滑行過來。

「唉，誰來把這麻煩精固定住！」禎藍說：「都退化性關節炎還這麼愛跑來跑去，滑的姿勢很傷膝蓋喔！歐瑞歐！」

「汪！」歐瑞歐吠了一聲，皺起臉上的兩撇白眉，而那眉毛的弧度，彷彿能夾死一萬隻蚊子。

「歐瑞歐是不是隱約知道，這場會議跟自己有關係呢？」裘裘問。

「不，我看牠只是被禎藍唸，所以單純在鬧脾氣呢。」大鑒攔腰將歐瑞歐捧了起來，左手也捧住牠的下盤，讓歐瑞歐的脊椎呈現放鬆的弧線。

「牠居然肯給你抱！」禎藍掩面，「先前我想摟摟牠，就被咬了呢。」

「店長……現在好像不是因為這種事而難過的時候。」其它工讀生回道。

「對喔。」禎藍連忙挺起胸膛，擺出難得的威嚴，「本來這幾天少了許多客人，我還覺得奇怪，分明是春暖花開，我們還祭出了籌備已久的草莓季粉紅甜心套餐菜單，和新的打卡優惠，但卻完全沒客人上門。」

「沒客人來用餐，食材會壞掉的，冰箱冷凍庫已經堆滿了一堆特地從苗栗運來的草莓呢。」裘裘想了想，實在不明白事情為何會變成這樣。

「會不會是同業故意在攻擊我們呢？」大鑒精明地滑著手機，「光是附近的咖啡廳就有好幾間，但有招牌店狗的咖啡廳卻只有我們。」

「而知道店狗咬過我的，就只有附近的鄰居。」禎藍嘆息：「地緣關係，鄰居又以訛傳訛，謠言可能就是這樣造成的。」

「等等，」裘裘舉手，「我還是不懂，剛剛說的『四星』變成『一星』是什麼意思？」

「哦！這是Google官方網站商家的星星，此外，還有臉書粉絲專頁也有星星制度，任何使用者都可以用星星給好評或負評。」

「那大家趕快用臉書各自叫認識的人來幫忙給五星，」裘裘眼睛一亮：「這樣問題就解決啦！」

「唉，但這樣就變成親友團按讚，失去準頭了。我是不希望大家一窩蜂這樣啦！」禎藍抱著手機苦惱。

「可是，對手抹黑我們，難道星星評價不是也早就失去準頭了嗎？」大鑒拍拍禎藍的肩膀，「反正現階段能做的就去做吧，不要想太多，這個叫做『評價行銷』，免費的網路資源不去利用，實在太可惜了。」

「好吧……」禎藍看著大夥兒為了莫須有的罪名個個當起低頭族，連工讀生們都出動學校同學、爸爸媽媽、叔叔嬸嬸來給 SENOR 咖啡店星星，霎時間評價是回溫了，但這終究不是長久之計。

「我們的本分應該是要回歸好的食材和服務，」禎藍說：「等等就從最傳統的商業午餐咖啡外帶開始，到附近十公里以內的大公司、企業大廈去發傳單，這樣至少可以拓展新客源。」

「哦哦，好主意！」裘裘驚喜道：「以往我們大多只做婆婆媽媽和學生的生意，但其實上班族在早餐、下午茶時段都很需要咖啡和甜點外送服務！」

「嗚汪！」歐瑞歐看見眾人紛紛動身，跑影印店的跑影印店，騎機車的騎機車，也死守在門口，舉起前腳貼著門板，還在玻璃上留下圓圓掌印。

「好啦，歐瑞歐，這個姿勢太傷你的脊椎了，回窩裡躺好，不要來亂。」

「嗚汪！」歐瑞歐又吠了禎藍一聲，這才不情願地收起手手，回到沙發旁。一會兒，牠嫌無聊了，鬆垮垮的臉皮倚在地面，琥珀色的雙眸仍守望著忙進忙出的眾人。

袞袞與其他店員都外出了，留下禎藍。

他鬱鬱寡歡地望著整潔的咖啡廳、一塵不染的挑高天花板，以及舒適的用餐環境，和冰庫中各式精心製作的食材……

「居然被負評攻擊，真不甘心啊，真的好不甘心……」

從小，禎藍就是個只會苦幹實幹的人，在學校也總被分派去作資源回收、擦黑板這種小活，但他都非常講究地一一完成，總是以為人只要努力夠久，就能開始收穫結果，不料他的個性習慣與世無爭，不愛討好也不喜歡辯解，在求學與求職時都非常吃虧。

一個刺眼的日頭打來，禎藍才發現，春季陽光已在正午侵襲著眾人。

「袞袞、大鑒與大家都在外頭曬著太陽努力著，我也不能鬆懈，得把手邊的事情做好才行啊！」

禎藍鼓起勇氣，一鍵一鍵地在咖啡廳的臉書與官方網站發表了聲明。

「各位長期關注店犬疑似咬人事件的朋友，為了保護我們店的員工，以及安歇在此的高齡狗狗們，我，店長禎藍，有義務在此說明。我們的每隻店犬都從未有『咬客人』的行為出現，這裡有長達五百小時的咖啡廳攝影畫面可以比對。也請大家不要聽信謠言，我們開店的初衷，是讓各式各樣的老狗狗有地方可以養老，但咖啡廳的第一要務當然是將餐點水準作到最好，回饋鄰近的社區，我們每天都在忙著狗狗照護與各式各樣的店務，沒有時間進行網路口水戰，但若真的有任何一位客人是因為『被店狗咬』而有所損傷的，請您來我們店裡對比錄影畫面、並提出醫院驗傷證明，我們會負起應有的責任。若沒有，請不要將莫須有的罪名，加在這些老病殘的狗狗身上。比起能躲在網路上捏造謠言的您而言，這些狗狗除了這裡，已經沒有地方可以去了。」

打完這些字，禎藍反覆斟酌，修改了好幾遍。

「到底要不要發出去呢？心情好差。」

說真的，發表聲明很吃力不討好，也不像他的作風，但當禎藍焦慮撥著瀏海時，首先映入眼簾的，是歐瑞歐的赤紅色雙眼。

「怎、怎麼忽然這麼深情地看著我？」

「哼哼……」歐瑞歐並沒有像以往那樣把眼神別開，只是一面舔著舌頭，一面凝視禎藍。

最後，牠搖著屁股走了過來。

「好可愛，你要做什麼？是要給我摸嗎？你是想要鼓勵我是不是？一定是這樣吧？」

禎藍放下筆電，期待地朝這隻鬆軟的巧克力色柯基伸出手，不料……

歐瑞毆直接繞過禎藍，死盯著他身後那盤的奶油鬆餅。

「你……」

禎藍氣得捧胸，「你到底知不知道我現在正處於天人交戰，壓力很大的關鍵時刻？你滿腦子卻只是食物嗎！」

歐瑞歐用毫無溫度的眼神瞥了瞥禎藍，又用鼻子指著吧檯上的奶油鬆餅。

「不行！不可以！」

「嗚汪！」

「還頂嘴！」

這麼一激動，禎藍居然不小心按下按鍵。

而貼文已經發出去了。

「啊啊，天啊！」

光想到發出聲明肯定會引起不少網友關切、質疑甚至謾罵，禎藍就頭痛萬分，但歐瑞歐真心想吃奶油鬆餅的神情，卻使他無法專心生氣。

「你喔……算了，就這樣吧！」

禎藍決定放手，果斷闔上筆電。

「網路上的言論什麼的就算了吧？狗狗不會上網，還不是活得好好的，對吧？」

柯基咖啡屋

part

13

俏皮小助理

以往只讓歐瑞歐吃狗食的禎藍，這次撕了一點鬆餅的金黃色脆皮邊。

「嗚！」歐瑞歐一改方才的態度，眼神水汪汪宛若甜膩的楓糖漿，朝禎藍放射著愛的光波。

禎藍又分了一點鬆餅的邊給歐瑞歐，自己則大口把奶油吃了。

他離開廚房區，走向後頭的安養房，瞧著正在努力從癌症中恢復的可麗，以及無辜的麥可與糖糖……

「我沒有做錯。」

禎藍以自己為榮，「那篇聲明早該發了，都是我一直逃避，想東想西的，才讓問題像雪球一樣越滾越大。」

歐瑞歐則完全不顧禎藍內心有何掙扎，仍癡癡坐在吧檯正下方，仰頸嗅著料理區內的各式香甜氣息。

夏威夷豆水果塔、檸檬馬芬蛋糕、春雪草莓千層派、金色巧克力榛果鬆餅，每種味道都在歐瑞歐的鼻子裡轉呀轉。

牠心底知道，這是一間好香又好吃的店。

這樣不就夠了嗎？

擺出店犬的姿態，歐瑞歐繼續執著地在廚房區鎮守，等著禎藍回來。

「這……」禎藍本來還想說些「都是你讓我下定決心發表聲明」之類的感人台詞，此刻卻見到歐瑞歐一臉纏樣，他只覺得心碎。

「歐瑞歐，狗狗不能吃人的食物。」

「哼。」

「哼什麼哼啦。」

此時，吧檯裡的電話響了！

「糟糕，會是什麼事呢？」禎藍連忙往前衝。

「會不會是剛剛的那篇貼文，引起什麼反彈了？」禎藍被鈴聲催得好緊繃，他一個深呼吸，調整音調，「喂……喂？」

「您好，請問是 SENOR 咖啡廳吧？我這邊是東湘路，有看到一張新傳單，請問今天下午訂三十份春櫻限定下午茶來得及嗎？我要外送服務。」

「哦哦哦。」禎藍望了時鐘一眼，「您希望下午幾點送到呢？」

「三點到四點之間都行。」

「沒問題！」

看來是裘裘與大鑒的傳單計劃奏效了，禎藍好開心，立刻也忙得連擔心網路輿論的心情都沒了，雙手速速開始準備咖啡與甜點。

「嗚嗚？」歐瑞歐識相地「倒退嚕」，彷彿穿了燈籠褲的蓬蓬大腿緩緩往後走，看著禎藍一面大叫「太好了！」、「可是真的來得及嗎？」、「袞袞他們怎麼還不回來！」、「啊！還要準備外送的餐盒！」歐瑞歐始終保持淡定。牠見到灰鷹爺爺拄著拐杖，知道他是自己人，並沒起身迎接，只搖了一下尾巴表示回應。

看到在料理區忙進忙出的禎藍，灰鷹爺爺露出貓頭鷹般睿智的淺笑，自己找了個角落看書報去了。

直到十分鐘後，禎藍才發現灰鷹爺爺的存在。

「啊啊，您來了！抱歉我沒發現。」

「沒關係啊，我想親自告訴你，」爺爺亮起堅毅的目光，「禎藍，你做了一件很勇敢的事呢！」

「您是說……那篇聲明嗎？」

「沒錯。我知道你是個討厭解釋，也不願和人起衝突的人，會去做這麼不像你的事情，肯定是為了保護這間店。我很支持你。」

「有您的肯定，那真是太好了。」禎藍鬆了口氣，「這件事也拖著一陣子了，聽到其他人的提醒，我也認為不能再逃避。」

「很棒。沒有做的事就是沒有做，在這個忙著驟下結論的時代，要做人、要經營一間店都不簡單，」爺爺嚴肅道：「所以我很高興，我選對人了。」

「謝謝您……」

「不不，要謝謝你自己。誰都無法代替你努力，所以一定要先謝謝自己。」

接下來，爺爺摀了摀耳朵，因為咖啡研磨機的聲音對他這個年紀的人而言，實在太大聲了，但他仍保持著翩翩風度傾聽著禎藍。

「這個年輕的店長，確實不一樣了。」

爺爺，回頭欣賞禎藍蛋糕冰櫃中一落落纖細的櫻花瓣奶霜，去給店外的花草澆澆水，又回沙發看了看歐瑞歐。

「咦！這麼快就有訂單了呀！」發傳單的工讀生們也回來了，雖午後下了場小雨，但眾人的鬥志十足。大鑒和裘裘也立刻加入廚房料理的行列，搶在時限前將一盒盒精緻的美食打包上車，水藍色的咖啡杯排列整齊，洋溢著清新氣息。

一天天過去，禎藍發現光是接單就每天行程滿滿，附近的公司、學校甚至醫院都找 SENOR 咖啡廳做外帶服務，散客雖沒馬上回流，但倒也沒想像中嚴重。

禎藍和裘裘稍微鬆了口氣，「看來可麗的化療費用還是籌得出來，店裡的財務失血狀況也好很多！」

但這意味著，禎藍和裘裘光是忙著做外帶，就沒時間招呼客人了。

「汪！」還好還有歐瑞歐，只要一有人進來，歐瑞歐總會迎上去，甚至守在落地窗賣萌招客。

「這是會咬人的那隻柯基嗎？」仍常會有客人這麼問，而歐瑞歐的燦爛笑臉好似根本不知道對方在說自己，傻呼呼吐舌笑著。

無論是嫌牠的、怕牠的、對牠毫無反應的，歐瑞歐總是對任何推門進來的每張面孔一視同仁，甚至會親熱地搖著尾巴。

然而，眾人還是持續聽到同樣的一句話……

「牠會咬人嗎？」

「牠不會咬你。」裘裘努力抑住發怒的衝動，「牠是狗狗店長，而且有繩子栓在後頭沙發，不用擔心喔。」

服務客人需要毅力、耐心甚至度量，而歐瑞歐完全沒受過任何「員工訓練」，有時卻表現得比裘裘還要專業。

只要一有人進來，歐瑞歐總是雙眸發亮，拖著傷腿跳著過來迎接，下盤已經有些無力的牠，有時還會不小心跌了個大跤。

客人們不懂狀況，經常取笑牠。這些看在禎藍眼底有點心疼。

這晚，他和灰鷹爺爺商量，是否不要讓歐瑞歐這麼辛苦。

「我把牠拴起來好了，這樣就可以減少牠的活動量了。」

「不行喔，不能剝奪歐瑞歐的樂趣。牠會有這些改變，是因為牠真的很喜歡迎接客人啊。」

「可是……」禎藍無助低語道：「每次我和裘裘聽到牠被質疑說『會咬人』、『好老的柯基』什麼的，都覺得很心痛，覺得歐瑞歐很可憐。」

「這幾年來，每天我早上去菜市場買菜，也常被說『讓這麼老的老人家獨自出來買菜，實在很可憐』。」灰鷹爺爺鬆開了暖烘烘的笑意，「一開始，我很不爽，還會想辯解，但像我這樣能活動自如的老人已經很幸福了，平日又有自己的咖啡廳可以去，被你們這票善良又專業的好孩子噓寒問暖，我實在連『可憐』的邊都沾不上呢！哈哈！」

「原來是這樣啊……」禎藍看向腳畔臉皮鬆弛、表情淡定無波的歐瑞歐。

「我和歐瑞歐只是因為外表看起來比較滄桑老邁，才很容易給人『可憐』的情緒，確實，我們活了大半輩子，身上難免有些病痛，但不讓我們與社會交流接觸、用自己的方式付出些什麼，我們會更專注在自己的病痛與衰老裡……

會回到『老年憂鬱症』的漩渦中啊。」

「原來是這樣啊……」

「生命的每一天都是上天賜予的，沒必要因為『不如從前』就自暴自棄，努力地活動、證明自己的存在，即使被嘲笑也開開心心地上工，我倒認為，這樣的歐瑞歐非常了不起喔。」

灰鷹爺爺摸了摸歐瑞歐的背，牠怕癢似的躲開，但兩秒後，又傲嬌地自己挪了兩吋回來，還用小短手撥了撥爺爺，要爺爺繼續撫摸。

這天營業前，店員大鑒悄悄地把裘裘和禎藍叫了過來。

「怎麼啦？」

「給你們看一個東西。」大鑒難得流露出淘氣又神祕的笑顏，讓裘裘和禎藍也跟著一陣騷動。

「怎樣？怎樣啦！」

「你們看這個，是店裡的夜視攝影機拍到的畫面。」

每晚打烊後，可麗的床鋪會被移動到店裡，而歐瑞歐總會掙脫繩子，盡可能地陪伴在可麗身邊，有時是一個蹲地鑽，替行動不便的可麗翻身，有時則是把牠往被褥鬆軟的地方推，小小的貼心舉動，全被店內的攝影機給拍了下來。

「難怪可麗的表現穩定這麼多，原來是睡眠品質變好了！」裘裘驚嘆：「歐瑞歐白天已經這麼忙了，晚上竟然當起了可麗的看護！」

「這真的很不可思議，還有一段，你們看一下。」大鑒動著滑鼠，叫出昨晚的監視器檔案。

大約在凌晨四點時，可麗做惡夢驚醒。牠想翻身卻因疑似抽筋而無法動彈，高聲尖叫了兩、三聲時，歐瑞歐立刻替牠翻身，還伸出彷彿套上白襪的小短手，輕輕搭在受驚的可麗身上。

隨後，牠呈大字型翻出粉紅肚肚，很快地又自己睡著了。

「看來歐瑞歐並不覺得照顧可麗很辛苦呢！」禎藍也很訝異，「牠這種睡姿應該是很自在的意思吧，至少牠在顧店時從沒這樣過！」

「好意外啊！」裘裘望著一旁已經清醒的歐瑞歐本人，牠吐了一小截舌頭出來，好似被過度關注壓力很大的模樣，撇過頭去。

「不用害羞嘛，我們是在誇獎你。」

「哼。」歐瑞歐低估了一聲。

一陣尷尬發作，牠乾脆背對大家，慢慢把自己嚕回沙發底下。

「裝什麼害羞啊！」眾人笑成一團。

「這不能只有我看到！」大鑒靈機一動，「店長，我們把歐瑞歐的互動剪成小影片放到網路上吧！」

「是啊，身為柯基咖啡廳，臉書和ＩＧ相簿應該多放點歐瑞歐的相片和影片，實在有點奇怪。」裘裘說。

「先前是怕被負面留言攻擊，所以才……」禎藍握緊拳頭，「不過，既然歐瑞歐本人根本也不會上網看留言，我們就也一起努力吧！」

「對啊，其實網路世界怎麼樣，狗狗根本不在意，會把問題複雜化的人都是我們自己。」裘裘對禎藍說：「為了未來能走更遠，照顧更多狗狗，也讓店犬們享有更有品質的樂齡生活，所有的點子都要徹底實行！」

「好的！」禎藍點點頭。

隨著可麗的病況一天比一天好轉，SENOR咖啡廳的臉書與ＩＧ相簿上越來越熱鬧，不僅有柯基店長歐瑞歐的影片與照片，也開始放出其他狗狗的照片。

這些大多是由裘裘與大鑒拍攝上傳的，用各種夢幻的濾鏡配上活潑字幕，讓原本已經很可愛的狗狗們，更顯得有個性許多。

「夏天馬上就要到了，要多攝取水分才行！」法國鬥牛犬麥可自在使用輪椅、喝水喝得很甜。

「被歐瑞歐和麥可守護在中間，雖然少了一隻眼睛，但我很有安全感！」吉娃娃糖糖走路時的微笑影片，也感染了不少人。

「好療癒啊！原來柯基咖啡廳也有其他狗狗。下次我會去看看的！」

可是，仍有負面評論夾在其中，「那裡的狗狗都是些老病殘，沒啥好看的！誰想去咖啡廳看些可憐兮兮的老狗？」

「我去過一次，餐點也不怎麼樣，還要邊看老狗邊配飯，真的很心煩！」

「可惡！這些人到底是誰啦！總有一天你也會變老的！不要歧視長輩！」裘裘起初看到這些留言總會氣得滿臉通紅，很想替整間咖啡廳努力的狗狗與員工們平反，但大鑒總會要她別去在意。

「對啊，大家千萬別回留言喔！我們的眼力和時間有限，還要留給咖啡、甜點和狗狗們呢！」禎藍揮去一身熱汗，「反正我們光靠接外帶服務的單子，就已經慢慢走出陰霾了！狗狗們也都健康快樂，這樣就好了！」

「真的……」

每當又想起那些不愉快的留言時，裘裘總是趕快走進狗狗房陪牠們玩耍，讓自己維持忙碌。這天，當她摟著可麗，這才發現……

「可麗，我不會再只摸到妳的肋骨了！」

這也表示，可麗變胖了！

「太好了！難怪這陣子妳吃飯時也有力氣許多！」

聽到久違的讚美，可麗牽起嘴皮，笑容惹人憐愛。

「喔！可麗！」裘裘立刻將牠抱緊處理！

可麗也將頭靠在裘裘的肩上撒嬌，體型有如小馬一般的她已經能搖搖晃晃地站穩，今早甚至能跟大夥兒出去散步幾分鐘。

看到裘裘牽著可麗的模樣，走在後頭的禎藍，心情十分複雜。

「大鑒……」

「怎麼了？店長。」大鑒依舊是那副不動如山、無比可靠的樣子。

「我在想，要不要讓可麗作追蹤檢查，看癌細胞是不是真的都消失了。你也知道，抗癌不是很簡單的事情，我怕萬一裘裘白高興一場，那……」

「我懂。但……依照裘裘多愁善感的個性，我認為還是由我們兩個私底下帶可麗去複診就好。」

「這主意真的太好了。如果檢查結果不如預期，那我們就保持緘默，繼續享受和可麗相處的每一天……」

這種「報喜不報憂」的做法，大鑒也深表認同。

當晚，他們預約了醫生的門診，慎重地做了昂貴的腹腔超音波掃描。

兩人滿心期待，希望聽到樂觀的結論，但醫生一面操作儀器時，一面指出螢幕上最殘酷的事實——

「可能還需要接受第二波化療。」

「什……什麼？」

「你看，肝臟這裡跟胰臟這裡都有癌細胞。可麗自己是很努力沒有錯，這陣子也都吃好睡好，但目前的狀況，很難脫離險境。」

「天啊……」禎藍感覺天旋地轉。

大鑒看著醫生的臉，「那醫生，第二波化療的總療程，大概是多少錢呢？」

「大概需要兩、三萬元左右。」醫生為難地推了推眼鏡，「但如果你們不想治了，我也可以理解。」

安樂死的費用只要兩千五。只要兩千五，就能讓人狗都解脫，不用再浸泡在恐懼的毒液中生活，對店裡的一大開銷也是種緩解。

左右為難，禎藍緊握著雙拳。

「嗚嗚……」看診台上的可麗，被醫生長時間壓制著，水潤的雙眼流露出不滿與哀怨，禎藍連忙把牠抱了下來。

他將手紮紮實實地伸進可麗清亮靚麗的毛髮中，用力摟緊牠。若執行了安樂死，此時此刻可麗的體溫，可麗的重量與牠身上淡淡的特有味道，很快地就會消失了。

光想到這點，禎藍實在快承受不住了……

「大鑒……其實我和裘裘也已經討論過『那件事』了。」禎藍努力不用在狗狗面前提到安樂死這件事，大鑒平順地點點頭。

「好，那這幾天，我們就讓可麗吃好喝好，找個日子再回來吧。」

可麗本來似乎以為自己要住院，尾巴可憐兮兮地夾在雙腿之中，此刻大鑒一牽過牠的繩子，轉向醫院出口的那刻，牠驚喜地跳了起來。

彷彿逃命似的，可麗朝門口猛衝！

「好的好的！我們慢慢走喔……」

「唉，可憐的可麗，牠也是住院住怕了。」後頭的禎藍抹去眼淚，再再深信自己的決定並沒有錯。

隔幾天稍晚後，禎藍陪著裘裘一起照顧可麗。他想親口跟裘裘說，看見裘裘悉心認真為可麗梳毛，清潔腳底的認真姿態，卻怎麼都說不出口。

最後，他選擇錄了一段ＬＩＮＥ的語音訊息，傳給裘裘。

「裘裘，其實我和大鑒昨天帶可麗回去複診，複診的結果……不怎麼好，醫生說還要再持續下一波化療，我們店裡能支付的費用有限，我想，我們先前談過、也有了共識……如果要讓可麗又承受一波痛苦，不如直接讓牠一路好走，妳覺得呢？如果可以……是不是我們下週來挑個日子，送可麗一程……」

聽到訊息的這霎那，裘裘哭得泣不成聲。

她想跟禎藍說，其實……她反悔了。

她看見可麗最近明顯在生活上的進步。可麗不但能走能吃愛撒嬌，又認得每個照顧牠的人。

就這樣安樂死，真的可以嗎？

「然而，可麗是店狗，禎藍是店長，我只是個工讀生，牠名義上並不是我的狗，我這樣任性提出異議，出爾反爾，不曉得禎藍會怎麼想我？」

裘裘輾轉難眠，只能不斷安慰自己，該放手了。

「放手也是一種愛。」她喃喃地自言自語，卻無法說服自己。這一晚，裘裘幾乎是哭著在床上躺了一晚

柯基咖啡屋

part

14

生命的護衛

隔天上班時，裘裘不發一語，也沒與禎藍主動打招呼，逕自先到廚房去盛裝今日要用的咖啡豆。

一整個上午，她都沒與禎藍說話。

「是怎麼了……」其他工讀生也不好意思多說什麼，只有歐瑞歐獨自照常「上工」——迎客、送客，在帶著暑氣的初夏溫度中賣力地工作。

「裘裘……我知道妳很傷心，我也不想用店長的權威命令妳，但……我們實在不能再逃避這個話題了。」

「嗯，我懂的……」裘裘深呼吸，主動與禎藍擁抱，「其實，我們也不用挑日子……我們等等就帶可麗走吧。」

「真、真的嗎？」

「嗯，早上我已經餵了可麗一些無穀肉餐，但她顯然沒有完全痊癒，不到一小時又吐了一些出來，我才剛處理好。說真的，病情這樣反反覆覆，大家都也累了，不知道能這樣照顧到什麼時候……剛看了一下農民曆……就今天吧……」

裘裘說話時，雙眸不敢與禎藍對視，兩人只在寧靜的默契中扶起可麗，牽著牠走出後頭的臥房。

麥可和糖糖還以為又要外出散步，傻呼呼地跟了過來。

「乖，你們不要過來。」禎藍痛苦不堪，和裘裘替可麗扣上項圈，正要將虛弱的可麗帶走時……

「汪汪汪汪！」角落的歐瑞歐發出氣憤的吠叫，全力阻止他。

「走開！歐瑞歐！」無論禎藍怎麼緊抓著可麗的韁繩，歐瑞歐都不讓步，逼得禎藍只能將可麗整隻抱起。

面對心意已決的他，歐瑞歐儼然嗅出些什麼，吠叫聲也變得越來越憤怒。

「汪汪嗚……汪汪嗚嗚！」喉間傳來哭聲的怒吼，歐瑞歐使勁推著禎藍，裘裘想要把歐瑞歐帶來，歐瑞歐卻繞行而過。

最後，牠好似明白可麗的人生終點就在那道店門後頭，乾脆一個轉圈，擋在店門前。

「讓開，歐瑞歐，我們要出門！」

「汪汪汪汪！」歐瑞歐知道此趟絕不是出門這麼簡單，焦躁地蹬著前腿，不斷站起來朝禎藍撲跳，彷彿他是要帶走可麗的死神。

雙方僵持了不下五分鐘，裘裘的淚水早已盈滿眼眶，後頭的狗房也傳來麥可與糖糖的哀哀泣訴。

禎藍鐵青著臉怒瞪歐瑞歐，而後腿衰老的牠忽然「咚」地一跪。

「嗚嗚嗚汪！」歐瑞歐使勁撐起腰，再度在疼痛的顫抖中站了起來，守衛般一步也不讓。

只要一撐不住而跪坐在地，牠立刻掙扎起身，沒有半秒懈怠。

以往和善的柯基笑臉，此刻寫滿不解與暴怒，歐瑞歐死守店門，就是不讓可麗被帶走。

看見年老腿軟的牠仍一次次拚命吠叫，禎藍崩潰哭出聲。他膝頭一軟，將可麗放回地上，自己也坐在地上流淚摟住可麗。

歐瑞歐這才安靜，朝可麗搖著尾巴，也回到禎藍身邊，用大大的手掌拍打他的肩頭。

「好的……對不起，我知道了。我們再多努力一陣子好嗎？一起努力……」

禎藍搭住歐瑞歐，摸著筋疲力盡的牠。可麗則溫柔地仰起頭，舔掉禎藍的眼淚。

裘裘握住禎藍的手。看到他改變心意，她居然有種鬆了口氣的感覺。

「原來禎藍也是強撐著，他也不想放棄可麗啊……」

歐瑞歐似乎還沒氣消，躲到裘裘身後，雙眸則怒瞪禎藍，渾身發出失望的顫抖。

「歐瑞歐，你真的知道我們原本打算要做什麼……對吧？」

歐瑞歐立刻轉過身去，不屑看禎藍一眼。

「我知道了。」禎藍對牠說：「這間店的一切，原來你都看在眼底……」

可麗則用鼻子拱了拱歐瑞歐，牠的臉上沒有重獲新生的喜悅，只是茫然中帶著些許的感謝。

裘裘想著，在人類畜養狗的歷史中，不少能在室內室外來去自如的狗，面臨將死的時刻常有「自知之明」。牠們會自行離家，找了個地方等待死亡。或許對於生死，動物們看得比人類透徹，只是看待事情的角度有所不同罷了。

禎藍抹去眼淚之後，將可麗帶回後頭的房間。

裘裘想撫摸歐瑞歐，硬脾氣的牠卻往後倒退一步，仍一臉不耐煩地擋在店門口，似乎怕這兩人又改變主意似的。

下定決心，本來就是一件痛苦的事。無論是放棄也好，繼續努力也罷，現實的壓力仍讓禎藍與裘裘鬥志渙散。

過了半晌，禎藍打起精神去廚房準備了一碗肉湯，主動遞到歐瑞歐腳邊。

「哼。」

這隻柯基照樣不屑一顧。

「知道嗎？歐瑞歐，我滿欣賞你的。」

「哼哼哼。」

「好神奇，」裘裘笑了出來，「到底是怎麼發出這種聲音的……」

經過剛剛那番折騰，歐瑞歐的腿力實在不行了，牠趴在地板上，四隻小「基」腿僵硬地往前伸直，雙眸仍炯炯有神，但也累得氣喘吁吁。

累得快虛脫的牠，連一口肉湯也不喝，讓禎藍和裘裘萬分難過。

裘裘泡了一杯花茶給禎藍，兩人拿出計算機與日曆，準備面對殘酷的「事實」。

過了半晌，裘裘主動開口，「那個……可麗第二次化療的費用，我可以捐出半個月的薪水……」

禎藍果斷擺手，「要捐，也是我這個店長捐。其實，當我還是個初出茅廬的小毛頭時，什麼都不懂，都是可麗這個大姐頭陪在我身邊，給我許多自信。當時牠也常像歐瑞歐一樣熱情迎接客人，而且啊……」他伸長脖子，故意說給歐瑞歐聽，「可麗跟歐瑞歐不一樣，牠的作風柔情又充滿鼓勵，才不會動不動就發脾氣。」

歐瑞歐一臉吃醋的模樣都沒有，只是一臉淡漠地反望禎藍。

「禎藍，不要激歐瑞歐了，剛剛對歐瑞歐來說，可是生死交關的一刻。」裘裘一說完，歐瑞歐立刻沉沉地點了點頭，還遞了個狐疑的神色給禎藍，儼然在擔心若自己不好好守著，哪天可麗會不會又被怎麼了。

「唉，被一隻狗這樣譴責，我們作人的也真是可憐。」說完，禎藍哈哈大笑，「往好處想，至少這次可麗的化療是第二次了，我們也不會像新手爸媽一樣窮緊張，可麗體內要殺的癌細胞也比第一次少很多，成功率應該不會太低才對。」

「可是……禎藍，經濟上真的沒關係嗎？」

「沒關係，除了我的薪水之外，前陣子開發出了新客戶，訂單也穩定了，裘裘妳們前陣子幫店裡做了很多事，等我和灰鷹爺爺商量過後，可麗化療的錢應該是拿得出來的。剛剛看到可麗的表情，我也很心痛……或許真的還不是說再見的時候吧……」

「嗯。」很難得地，歐瑞歐居然從喉間發出了古靈驚怪的應和聲。

「等等，我有聽錯嗎？裘裘，牠剛剛是說『嗯』嗎？」

「或許牠只是在卡痰吧？我不曉得……」裘裘哭笑不得，「歐瑞歐，你愛管閒事行為的背後隱藏了許多體貼，確實就像巧克力一樣討人喜歡，讓人上癮。」

「嗯。」

再度聽到這種奇妙的回答，兩人又憋著笑好一陣子。

而在灰鷹爺爺的協助下，可麗的第二次化療進行得很順利。

大鑒依舊會偷看晚上的攝影鏡頭。

漫長的暗夜裡，可麗經常因為疼痛而顫抖啜泣，而歐瑞歐每次都一有風吹草動就跑到牠身旁陪伴。

即便可麗又吐又拉，歐瑞歐連半分嫌棄的模樣都沒有，總是小心翼翼地將步伐避開穢物，將花碌碌的柯基大頭靠在可麗身上，溫柔安撫牠。

其他年老體衰的狗狗見到歐瑞歐積極的模樣，也紛紛被感染。

歐瑞歐的故事被一間網路寵物新聞平台放上網，激勵了許多人。

「白天是店長，晚上當看護！高ＥＱ柯基牧羊犬惹人疼。」

一開始看到標題時，禎藍與大鑒同時大笑：「哪裡有高ＥＱ啦！明明就很兇，脾氣很壞！」

「小聲點！」裘裘扠起腰，「好不容易擺脫咬人的事件，說歐瑞歐『高EQ』也沒什麼錯啊！牠只是有牠自己的一套風格！」

「嗯。」歐瑞歐在桌邊默默點頭，喉間發出的低沉嗓音再度讓眾人笑翻。

終於，可麗戰勝了病魔，醫生都不敢相信檢驗報告。

「癌細胞真的徹底消失了，能在短短兩次化療內就成功，一定是你們在治療以外的時間，也為可麗做了許多努力！這無法完全用科學來解釋……真的是奇蹟！」

歐瑞歐被譽為「帶來奇蹟的柯基」，網路上的鼓勵取代了批評。

一間網路媒體開始報導之後，另幾間也爭先恐後找上門。

但為了不要影響到客人用餐，禎藍總是請媒體提早到營業時間前來。

這天，一個犀利的媒體小編問禎藍：「『爆紅』的感覺怎麼樣？」

「我並沒有特別的感覺，我們主要是想透過咖啡廳的專業服務告訴大家，熟齡狗狗有牠們的智慧，是我們身為萬物之靈遠遠不及的。每一天真的都像在作功課一樣，很多地方要研究、磨合……咖啡的研磨也是這樣吧！很高興我們能一起渡過每一天！」

受訪畫面中，禎藍牽著已經康復，威風凜凜的可麗站在店門口，柯基歐瑞歐則因為討厭攝影機，只從門後一臉厭惡地伸出脖子。

沒想到這種微妙的對比，居然被影音編輯作成了截圖，上頭寫著「柯基怪脾氣，騷包躲後頭默默搶鏡頭，模樣仍然超可愛！」

這次報紙媒體也注意到了，甚至主動替歐瑞歐澄清先前「咬客人」的謠言。

不過對歐瑞歐來說，牠的每一天都非常簡單——瞻前顧後、到處跟上跟下，用蹣跚卻負責的腳步，把店裡的每個角落都走過。

這晚，裘裘邊勾住歐瑞歐的脖子，把新聞念給牠聽，牠還打起了呼。

「哎唷！」大鑒連忙把牠搖醒，「怎麼最近好像常常喘氣又打呼昏睡呢？是不是夏天到了，店裡空調開得不夠冷？」

睡得迷迷糊糊的歐瑞歐只是吐著半截舌頭，呆笑著瞧向大鑒。

「歐瑞歐……你被人誤會、被人盛讚都不在乎，只專注過好每一天，真的好帥好帥！」

彷彿知道裘裘在說自己，歐瑞歐輕輕搖了搖尾巴，在她的懷裡睡著了。

這一睡，便沒有再醒來。

part

15

隨風而去

歐瑞歐去世了。

突如其來的死因讓眾人無法接受，醫生聽了大鑒描述的狀況，推測是「心臟衰竭」。

「老狗狗的心臟本來就弱，通常都跳得很慢，不太能過著很刺激的生活，若有常喘氣、昏睡的症狀，喉間有疑似卡痰的聲音，就表示心臟的輸送換氧可能出了問題，最好還是要早點帶來……」

處理歐瑞歐的後事之前，醫生的嚴酷宣判讓禎藍很是自責，袠袠更是哭得不能自己。

「唉，都是我們忙著顧店，又接受那麼多媒體採訪，沒注意到歐瑞歐的情形。」

「對啊，一直都覺得歐瑞歐只是膝關節退化，原來牠的心臟狀況才是最不好的……怎麼會忽然就……」

「夠了，你們兩個。」

駕駛座上，大鑒板起臉色。這是他第一次用這種不耐煩的眼神望著禎藍，「有時候我真的很討厭你們這種愛自責、愛後悔的個性……生命的來去，本來就有自己的時間表，仔細想想，歐瑞歐明明已經比外面的流浪狗幸福太多了！

而且，我們也非常好命，歐瑞歐沒用慢性病帶給我們麻煩，而是這樣颯爽地長眠不起，至少牠不用受病魔欺侮多年，不也是一種福份嗎？」

裘裘與禎藍被說得啞然。

「唉，真的是夠了。」大鑒把手搭在方向盤上，「不要活在內疚裡，我們好好送歐瑞歐一程吧。牠陪伴我們的時間雖然短，卻也精彩。我們至少要好好為牠送別吧？」

開車到寵物墓園的路上，大鑒的一席話，讓禎藍與裘裘內心的結終於鬆脫了。

然而，偶爾在夜深人靜時，禎藍仍會想起歐瑞歐。

「寵物都是來身邊陪伴我們作功課的小天使，現在小天使回到天上了……」禎藍看過一本英國寵物溝通師桑妮雅的書《天堂沒有不快樂的毛小孩》，他相信歐瑞歐現在肯定不會再腿軟、雨天就疼得發抖，而是逍遙自在，在天堂的綠蔭下跑跳去了。

歐瑞歐去世的兩、三週之內，禎藍都不敢點開以前歐瑞歐的影音照片，網路上留下了大量歡樂的資訊，多半是強調毛小孩的可愛活潑與體貼，卻很少人提到照顧老毛孩的辛勞與承擔。

「牠走得這麼突然，如今去點那些照片和影片，也只覺得人事已非……心情真的很複雜……」禎藍這陣子以來常失眠，最近上班也頻頻被問到「不是有一隻店狗柯基嗎？」他總要向來客們解釋，歐瑞歐已經過世。

一天兩天還好，長期累積下來，真是筋疲力盡。

灰鷹爺爺不忍看禎藍這麼難過，索性在店裡的明顯角落擺放了一張歐瑞歐的卡片，上頭寫著「嗨！謝謝大家關心我，我因為心臟不好而先走一步，現在到天堂裡安息囉！」

卡片配上歐瑞歐要笑不笑的個性派表情，雖不太搭調，但至少能讓客人們「少問」一些，店員們也比較好做事。

這天，禎藍輾轉難眠，順手 Google 著 SENOR 咖啡廳，發現有一篇去年年底的文章。

是個完全不認識的女孩寫的網誌。

「今天男友帶我特地一大早搭車到外縣市的咖啡廳散心，不過我一看見店狗是柯基，眼淚就止不住。雖知道這隻柯基和我們家過世的黑嚕嚕是不同狗狗，但還是觸景傷情……啊，離題了，SENOR 餐廳的餐點很好吃，裡頭也收容著許多可愛的老狗狗，櫃台上擺放著牠們的檔案，也有許多毛孩子的認養資訊。那天我們點了藍山咖啡與榛果奶茶，配上草莓鬆餅、甜橙起司蛋糕與水色珊瑚果凍，雖然不敢自稱老饕，但我們也南征北討了數十間咖啡店，SENOR 咖啡廳的每道餐點確實非常專業！店內也很乾淨，窗明几淨的程度很難想像這是一間養狗狗的咖啡廳，很推薦大家來喔！」

網誌文章後頭，附上女孩與男友在咖啡廳前的甜蜜合影，他們莞爾的模樣讓人舒心。

雖然文章質樸，不像專業的部落客那般妙筆生花，卻有種特殊的真誠感，禎藍不知道原來從外人眼底的咖啡廳是如此感覺，內心滿是感激之情。

而很難得的是，女孩拍到的歐瑞歐正臉沒看鏡頭，但居然在咧嘴微笑。

「哇，歐瑞歐怎麼一副羞澀大叔的模樣，我從沒看過牠這樣子，哈哈哈哈。」禎藍心底的烏雲隨之散開了些，「這麼說起來，我對這一個流淚的女孩子有印象，原來是因為想起自家的毛小孩啊……」

日本人常說「一期一會」，指的是人與人的緣份是萍水相逢、往往錯過就不再有。禎藍慶幸著，還好可以透過這位女孩的真摯文字，回味最簡單不過的那一天。

禎藍想起那陣子，他常鬱鬱寡歡，沒想到在爆紅之前，SENOR 咖啡廳早在外人眼底已是間極度優秀的咖啡廳了！這對禎藍來說，更是意義重大。

「人總是會因為被討厭而耿耿於懷，卻反而忘記喜愛自己的人，其實還有很多。」

翻著女孩網誌的其他狗狗文章，禎藍也伴著她的文字而哭了一遍。

女孩照片裡的柯基叫做「泡泡糖」，是跟歐瑞歐毛色一樣深的柯基，但牠比流氓味很重的歐瑞歐，多了幾分陰柔。

在女孩的鏡頭裡，牠每天都笑得很開心。

而禎藍，終於明白這陣子心底的空虛感來自何方了。

「我們這樣閉口不談歐瑞歐的事，其實也不太好。應該要替歐瑞歐辦個簡單的儀式。」禎藍對裘裘說。

「其實我也在想同樣的事。」裘裘回答：「這陣子，看到可麗總是在半夜找著歐瑞歐，以及麥可和糖糖散步時寂寞的樣子，我想牠們不完全知道整個狀況。我要好好跟牠們說，歐瑞歐去當小天使了。」

出乎意料地，隔幾天附近的學生來到咖啡廳，為歐瑞歐舉辦小而溫馨的紀念音樂會。

眾人端著歐瑞歐的骨灰來到第一次發現歐瑞歐的後山山邊，讓山嵐帶走牠的靈魂。

「歐瑞歐，謝謝你的陪伴，們會一面想念你，一面繼續努力過生活的！」禎藍朝山谷的方向大喊。

「努力過生活——」山谷傳來這樣的回音，裘裘抱住禎藍的肩膀，回頭時，發現最堅強的大鑒也紅了眼眶。

當天下午，做完九十多個外帶訂單後，禎藍忍不住在店裡的吧檯趴下小眠。

迷迷糊糊地，他做了個夢。

彷彿有著溼鼻子輕輕推他的小腿肚，位置剛好就是歐瑞歐的身高。

「歐瑞歐，是你嗎？你回來看我了？」

室內萬般安靜，只有盛夏的吊扇在旋轉著。

鍋子上還在燜煮著綠豆湯，淺淺的白色霧氣後頭，有一杯裘裘剛替他做好的拿鐵。

望著白色與茶色混搭而成的漩渦狀的奶泡，禎藍跳了起來！

「原來是這樣！我一直以為歐瑞歐就這樣離開了……現在，我終於找到永遠把它放在心上的方法了！」

為了紀念歐瑞歐，禎藍研究咖啡拉花藝術，用奶泡與巧克力重新研發飲品，推出柯基笑臉的拉花藝術。

咖啡拉花從平面到立體都有，為了調配出柯基的笑臉，禎藍使用了歐瑞歐巧克力，也研發出歐瑞歐鬆餅和歐瑞歐奶昔。

「天啊，真的很生動！」第一個試喝的灰鷹爺爺笑道：「根本就是歐瑞歐浸在咖啡奶泡裡，朝我們探出頭來！你看，這長長的耳朵和配色！我都捨不得喝啦！」

眾人哈哈大笑。

「喝啦！」裘裘嘟嘴道：「食物是拿來吃的，飲料是拿來喝的，過世的毛孩是拿來放在心上的！如果歐瑞歐現在在這裡，大概一定也是會回我們一個『嗯』吧！」

「哈哈哈！」大鑒笑著，「我還記得牠的『嗯』和『哼』！真的很經典！」

禎藍瞧向怕燙而吹著咖啡奶泡的爺爺，拿手機拍攝的裘裘，以及身旁的三隻店犬。

是的，歐瑞歐一定也是希望他們像現在這樣開開心心的。否則，牠不會做出這麼多努力，將自己燃燒殆盡。

「我們不能活得本末倒置。對吧，歐瑞歐？希望你有看到，我們學到你的幽默和淡定，很有個性地在經營這間經典又熟齡的店喔！」

「嗨！我是歐瑞歐，雖然我先走一步了，但我今天也會出現在每個客人的杯子裡，溫暖大家的心！」裘裘在咖啡廳菜單上的歐瑞歐專區，這麼寫道。

柯基咖啡屋，今日也會笑瞇瞇地迎接每個渴望愛的客人。

培育文化

勵志學堂 68

柯基咖啡屋

作者　夏嵐
責任編輯　林秀如
美術編輯　林鈺恆
封面設計　青姚

出版者　培育文化事業有限公司
信箱　yungjiuh@ms45.hinet.net
地址　新北市汐止區大同路3段194號9樓之1
電話　（02）8647-3663
傳真　（02）8674-3660
劃撥帳號　18669219
CVS代理　美璟文化有限公司
TEL／(02)27239968
FAX／(02)27239668

總經銷：永續圖書有限公司

法律顧問　方圓法律事務所　涂成樞律師
出版日期　2018年07月

國家圖書館出版品預行編目資料

柯基咖啡屋 / 夏嵐著. -- 初版.
-- 新北市 : 培育文化, 民107.07
面 ;　公分. -- (勵志學堂 ; 68)
ISBN 978-986-96179-2-5(平裝)

859.6　107007649

※為保障您的權益，每一項資料請務必確實填寫，謝謝！

姓名		性別	□男　□女
生日	年　月　日	年齡	
住宅地址	郵遞區號□□□		
行動電話		E-mail	

學歷

□國小　□國中　□高中、高職　□專科、大學以上　□其他＿＿＿＿

職業

□學生　□軍　□公　□教　□工　□商　□金融業

□資訊業　□服務業　□傳播業　□出版業　□自由業　□其他＿＿＿＿

謝謝您購買＿**柯基咖啡屋**＿與我們一起分享讀完本書後的心得。務必留下您的基本資料及電子信箱，使用我們準備的免郵回函寄回，我們每月將抽出一百名回函讀者，寄出精美禮物以及享有生日當月購書優惠！想知道更多更即時的消息，歡迎加入“永續圖書粉絲團”

您也可以使用以下傳真電話或是掃描圖檔寄回本公司電子信箱，謝謝！

傳真電話：（02）8647-3660　電子信箱：yungjiuh@ms45.hinet.net

●請針對下列各項目為本書打分數，由高至低5～1分。

	5 4 3 2 1		5 4 3 2 1
1.內容題材	□□□□□	2.編排設計	□□□□□
3.封面設計	□□□□□	4.文字品質	□□□□□
5.圖片品質	□□□□□	6.裝訂印刷	□□□□□

●您購買此書的地點及店名＿＿＿＿＿＿＿＿

●您為何會購買本書？

□被文案吸引　□喜歡封面設計　□親友推薦　□喜歡作者

□網站介紹　□其他＿＿＿＿＿＿＿＿

●您認為什麼因素會影響您購買書籍的慾望？

□價格，並且合理定價是＿＿＿＿＿＿　□內容文字有足夠吸引力

□作者的知名度　□是否為暢銷書籍　□封面設計、插、漫畫

●請寫下您對編輯部的期望及建議：

2 2 1 - 0 3

新北市汐止區大同路三段194號9樓之1
傳真電話：（02）8647-3660
E-mail：yungjiuh@ms45.hinet.net

廣 告 回 信
基隆郵局登記證
基隆廣字第200132號

培育

文化事業有限公司

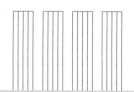

讀者專用回函

柯基咖啡屋

培養文化育智心靈的好選擇